キャンパスの淫望

◆◆◆

睦月影郎
Kagerou Mutsuki

紅 beni 紅文庫

目次

キャンパスの淫望

装幀　内田美由紀

第一章　もう一人の自分の能力

1

（あ、早希《さき》だ。いま帰りか……）

兎彦《うさひこ》は夕方、駅に向かう道で同級生の新藤《しんどう》早希の姿を見つけ、近づいていった。

同級生とはいえ、早希はまだ少女の面影を残す十八歳の大学一年生。

玉川《たまがわ》兎彦は二浪しているので、もう二十歳なのだが彼女と同じ美術学科の一年生だった。

（まだ処女だろうな……）

兎彦は早希に近づきながら思った。女子高から進学してきたというし、毎日同じ講義を受けて観察しているが、入学して半年、この十月になっても男の気配は感じられなかった。

兎彦はまだキスも風俗も知らない童貞。しかし性欲は激しく、日に二度三度とオナニーしなければ治まらず、もっぱらのオナペットは笑窪の愛くるしい美少女早希であった。

同じ学科だから少しぐらい会話を交わしたことはあるが、まだそれほど親しいわけではない。兎彦は幼い頃から絵が好きで、スポーツはダメ。見た目も名前の通り色白で弱々しく見えるから自信が無いのである。

しかし、心の中に棲《す》むもう一人の自分、それを兎彦は虎彦《とらひこ》と呼んでいるが、その虎彦が時に彼を叱咤《しった》し、強い男に仕向けようとしているのだった。

（とにかく積極的に声をかけて、喫茶店にでも誘ってみよう……）

兎彦は、内なる虎彦に操られるように、早希に近づいていった。まだ日の暮れかかった頃合いだから、彼女も急いで帰る時間ではないだろう。

確か早希は、大学近くの住宅に親と住んでいるはずだ。

と、早希がコンビニの前を通りかかると、駐車場の車から出てきた三人の男が彼女に声をかけたのである。

見るからに頭が悪そうで凶暴そうな二十歳前後の男たちで、囲まれた早希がビクリと立ちすくんだ。

「ドライブ行こうぜ。帰りはちゃんと送るからさ」

「困ります。急いでいるので……」

早希は困惑しながらか細く答え、思わず周囲を見回したが誰も通るものはいなかった。

(兎彦！　あいつらをやっつけるのだ。お前なら出来る！)

心の中で虎彦が言い、兎彦は緊張に便意を催しながらもフラフラと連中に近づいていった。

するとそのとき、駐車場に一台の車が入ってきて停まり、知っているスーツ姿の女性が降りてきた。どうやら買い物に来たのだろう。

「玉川くんね。私も行くわ」

兎彦に声をかけたのは、体育学科の講師、烏丸明日香《からすまあすか》だった。二十九歳の独身で、何かと美術学科にも顔を出し、女子を集めた護身術サークルも週に一回開き、早希もそのメンバーなのである。

明日香は長身の短髪で、実に引き締まった肢体をしている。合気道の有段者であり、女子たちは、まるで宝塚のスターに対するように明日香に強い憧れを寄せていた。

「ちょっと、あなたたち、嫌がっているでしょう。やめなさい」

明日香が連中に近づいて毅然として言うと、

「なにい」

三人はジロリとこちらを見たが、気の強そうな明日香ではなく、一緒にいる弱そうな兎彦を睨《にら》んできた。その隙に早希が素早く連中の輪を抜けて、明日香の後ろに隠れるように縋《すが》り付《つ》いた。

するると大柄な一人が、兎彦の胸ぐらを掴《つか》んできたのだ。

それを兎彦は避けて回り込んだ。

「てめえ、よけやがるか」

軽くいなされたと思った男は激昂し、今度は本気で兎彦に殴りかかってきた。

兎彦はまた回り込むなり、男の襟首と腰のベルトを掴むと、両手で高々と男を持ち上げていた。

「な、なに……」

残る二人と、明日香と早希までが兎彦の怪力に目を丸くしていた。

そのまま兎彦が、助走も何も付けず男を放り投げると、男は駐車場の端から端まで飛んで植え込みの中に落下していった。

「ぐええ……!」

男は奇声を発し、そのまま昏倒《こんとう》してしまったようだ。

「こ、この野郎！」

残る二人が怒鳴って殴りかかってきたが、兎彦はまた軽く避けて襟首を掴むなり、今度は遠心力を付けて放り投げた。

「うわ……！」

男は放物線を描き、ハンマー投げのように同じ植え込みに頭から突っ込んでいった。残る一人が腰を抜かしたので、兎彦も攻撃を止めた。

「あの二人を車に乗せて、病院へ運ぶんだ。死んでるかも知れないけど」

兎彦が言うと、男は尻餅を突いたまま植え込みの方へ移動してゆき、男のあとには失禁のシミが伸びていった。

「い、行きましょう」

我に返った明日香が言い、早希を支えながら後部シートに押し込んだ。兎彦も促されるまま助手席に乗り込むと、明日香はすぐに車をスタートさせて駐車場を出た。

「し、信じられないわ……、今のは何なの……」

明日香がハンドルを繰りながら言ったが、兎彦の方は今さらながら生まれて初めての喧嘩《けんか》の恐怖が甦《よみがえ》り、全身が震えていた。

「こ、恐いよ、明日香先生……」

兎彦は言ったが、明日香は彼にチラと目を遣っただけで前を見た。

「恐かったのは、あいつらの方でしょう。新藤さん、家を教えて」

「つ、次の信号を左折です……」

言われて早希が答え、兎彦は自分でも今の出来事が理解できず、小刻みに震え続けていた。

やがて住宅街に入ると、車は早希の家の前で停まった。

なかなか立派な門構えで、家も大きかった。早希の父親は大学教授である。

「あの、お礼にお茶でも……」

「ううん、行くわ。また明日ね」

降りた早希が言ったが、明日香が断ると彼女は頭を下げ、

「有難うございました。烏丸先生、玉川さん」

そう言って家に入っていった。

明日香はすぐに車を出し、兎彦の住まいを訊《き》いてきた。

彼も答えて案内しながら、ようやく息遣いと身体《からだ》の震え、そして便意が治まってきた。

そして彼の住むアパートの場所が分かると、明日香は近くのコインパーキングに車を停め、一緒に降りてアパートに入ってきたのである。

「いい？　色々話したいの」

「ええ、汚くしてますけど……」

兎彦は答え、一階の端にある部屋の鍵を開け、明日香を招き入れた。

六畳一間に三畳のキッチンとバストイレ。入学と同時に春から住んでいるが、この半年、女性が入ったのははじめてのことである。万年床に机と本棚、絵はパソコンによるデジタルが主なので絵の具の匂いなどはない。

キッチンには冷凍冷蔵庫に電子レンジだから、ほとんど冷凍物をチンして食事していた。それほど散らかす方ではないし、マメに掃除しているので不潔な印象はないだろう。ただクズ籠《かご》に山となっている、ザーメンを拭《ふ》いたティッシュの匂いが気になった。

兎彦の実家は北関東で一人っ子、父親は市役所員で母はスーパーのパート、彼の将来の希望はデザイナーだった。

「ここ、座るわね」

明日香が言って、椅子に座ったので、兎彦は冷蔵庫から烏龍茶を出し、グラスに二つ注いで渡した。

「驚いたわ。どうしてあんなに強いの……」

明日香は一息に烏龍茶を飲み干すと、万年床に座った彼の全身を見回しながら言った。

「あれは技じゃないわ。ただの力だけど、それにしても力学なんか無視しているわ。その骨格と体重で、自分よりずっと大きい相手を両手で持ち上げて、勢いも付けず、まるでマネキンのように遠くまで投げるなんて……」

「自分でも分かりません。たぶん火事場の馬鹿力ではないかと」

「何かスポーツの経験は？」

「見た通り、何もしたことないし、力も弱いです」

「そうでしょうね。見たところ、握力も四十……」

「三十ちょっとしかないです。両手とも」

「ちょっと脱いでくれない？」

「え……」

「身体を見たいの。お願い」

言われて、兎彦は妖しく胸が高鳴り、今度は別の震えが襲ってきた。

もちろん長身で颯爽《さっそう》たる、女武芸者のような明日香の面影でも、彼は何度となくオナニーしていたのである。

そして初体験は、無垢同士の早希ではなく、出来れば明日香のような大人に手ほどきを受けたいと思っていたのだ。

やがて兎彦は立ち上がり、シャツとズボンを脱ぎはじめていった。

2

「ああ、恥ずかしい……」

兎彦は、色白で華奢《きやしや》な身体を見られることに抵抗を感じながら、とうとう靴下まで脱いでトランクス一枚になった。

「それも脱いで」

明日香が椅子にかけ、長い脚を組みながら言った。

兎彦も、とうとう最後の一枚を下ろし、全裸になってしまった。

「前に来て」

言われて、彼はまるで女医の診察でも受けるように、股間を隠しながら彼女の前に立った。

すると彼女も組んでいた脚を下ろして身を乗り出し、両手で彼の肩から二の腕に触れてきた。優しい触り方ではなく、筋肉や骨格を観察する様子だから、指が食い込むたび兎彦はウッと力が入ってしまった。

さらに胸筋に腹筋、脇腹から太腿《ふともも》まで遠慮なく触れた。

「後ろを向いて」

言われて背を向けると、明日香の指が背中から腰、尻から脚まで触れてきた。

「いいわ、こっちを向いて。ふうん、不思議だわ。単に、運動が苦手で色白の男の子といった感じだけど、まあ……！」

兎彦の手が思わず離れると、彼女の鼻先にバネ仕掛けのように雄々しく勃起《ぼっき》したペニスが砲口を向けたのだ。

「ああ、先生、見ないで……」

兎彦が激しい羞恥《しゅうち》に再び隠そうとしたが、明日香は彼の手を押さえ、熱い視線をペニスに注いできた。

「ここだけ、別の逞《たくま》しい男の股間を取り付けたようだわ……」

明日香が言い、今度は遠慮がちに恐る恐る幹に指を這わせてきた。

「あう……、も、漏れそう……」

「まあ、まさかまだ童貞？　確かもう二十歳でしょう」

漏れそうと聞いて、明日香がビクッと手を引っ込めながら言った。

「え、ええ、まだキスもしたことないし、お金がないので風俗体験もしていません……」

兎彦は、快感の中心部に颯爽たる美女の熱い視線を感じながら答えた。

「そう、興味あるわ。セックスしたら、あなたの秘密に近づけるかしら……」

彼女の呟《つぶや》きに、幹がピクンと反応した。

「初体験、私でもいい？　勃《た》っているのだから、嫌じゃないわよね」

「い、嫌どころか、明日香先生が初体験の理想と思ってましたから……」

彼が答えるなり、明日香は立ち上がってスーツを脱ぎはじめたのだ。

タイトスカートも下ろし、脱いだものを順々に椅子に掛けていった。

パンストを脱ぎ去ると剥《む》き卵のように滑らかなナマ脚がスラリと露わになり、さらにブラが外された。

たちまち服の内に籠もっていた熱気が解放され、甘い女の匂いを含んで室内に立ち籠めはじめた。

乳房は実に形良く張りがありそうで、とうとう明日香は最後の一枚も脱ぎ、一糸まとわぬ姿になってしまった。

「寝て。童貞なら色々妄想してきたでしょうから、してみたいことを全てしていいわ」

明日香は言って万年床に身を横たえた。

さすがに肩と二の腕は逞しく、乳房もうんと豊かではないが妖しく息づき、ウエストがくびれて腹筋が浮かんでいた。股間の翳《かげ》りは薄い方で、太腿も逞しく、実に均整の取れた無駄のない肢体である。

兎彦は身を投げ出している明日香の横から屈み込み、まずは吸い寄せられるようにチュッと乳首に吸い付いていった。

「く……」

明日香が小さく呻《うめ》き、身構えるようにビクリと肌を緊張させた。

兎彦は緊張と興奮に胸を高鳴らせながら、夢中で乳首を舌で転がし、顔中を押し付けて膨らみの感触を味わった。

(ああ、美女のオッパイ……)

兎彦は感激に包まれ、息を弾ませて明日香の乳首を舐め回した。

幼い頃に母親の乳首を吸った記憶が微《かす》かにあるだけで、やはり他人の美女というのは格別で、感触以上に肌から発する生ぬるく甘い匂いが股間に響いてくるようだった。

もう片方の乳首も含んで舌を這わせると、乳首も次第にコリコリと硬くなり、たまに彼女がビクリと肌を震わせて反応した。

兎彦も童貞だから、自分の稚拙《ちせつ》な愛撫が恥ずかしかったのだが、明日香は身を投げ出し、息を弾ませて好きにさせてくれるので、彼も次第に積極的に愛撫できるようになっていった。

左右の乳首を充分に味わうと、彼は明日香の腕を差し上げ、腋の下にも鼻を埋め込んで嗅いでみた。

そこは生ぬるく湿り、何とも甘ったるい汗の匂いが濃厚に籠《こ》もっていた。

（ああ、女の匂い……）

兎彦は夢中で胸を満たし、さらに滑らかな肌を舐め降り、脇腹から腹の真ん中に顔を埋め込んでいった。

形良い臍《へそ》を舌先で探り、顔中を筋肉の浮かぶ腹部に押し付けると、引き締まった硬い弾力が伝わってきた。

そして腰からムッチリした太腿に降り、脚を舐め降りても明日香は拒《こば》まずじっとしてくれていた。引き締まってスラリとした脚は、どこもスベスベの舌触りだった。

足首まで行くと、彼は足裏に回り込み、踵《かかと》から土踏まずに舌を這わせ、形良く揃った指の間に鼻を割り込ませて嗅いだ。

そこは汗と脂に生ぬるく湿り、蒸れた匂いが濃く沁《し》み付いていた。

(美女の足の匂い……)

兎彦は、いちいち自分に言い聞かせながらムレムレの匂いで鼻腔を満たし、爪先にしゃぶり付いていった。

「あう……、汚いのに……」

指の股に舌を割り込ませて味わうと、明日香がキュッと指を縮めて呻いた。

兎彦は全ての指の間を舐め回し、もう片方の爪先も味と匂いが薄れるほど貪り尽くしてしまった。

「どうか、うつ伏せに」

彼が顔を上げて言うと、明日香も素直にゴロリと寝返りを打ち、うつ伏せになってくれた。

兎彦は彼女の踵からアキレス腱、脹《ふく》ら脛《はぎ》から汗ばんだヒカガミを舐め上げ、太腿から尻の丸みをたどっていった。

まだ尻の谷間はあとの楽しみに取っておき、腰から滑らかな背中を舐め上げると、ブラのホックの痕《あと》は淡い汗の味がした。

「ああ……」

明日香が、顔を伏せたまま喘《あえ》いだ。背中は何のポイントもないが、案外感じる場所なのかも知れない。

肩まで行ってセミロングの髪に顔を埋め、甘い匂いを吸収すると、髪を掻《か》き分けて耳の裏側の蒸れた匂いも味わった。

そして再び肩から背中を舐め降り、たまに脇腹にも寄り道しながら形良い尻に戻ってきた。

うつ伏せのまま脚を開かせると、兎彦は真ん中に腹這いになって尻に顔を迫らせ、指でムッチリと谷間を広げた。

奥には薄桃色の蕾《つぼみ》が、細かな襞《ひだ》を震わせてひっそり閉じられていた。

単なる排泄器官の末端が、どうしてこんなにも美しいのだろうと思いつつ、彼は吸い寄せられるように鼻を埋め込んでいった。

顔中に弾力ある双丘が密着し、蕾に籠もる蒸れた汗の匂いが悩ましく鼻腔を刺激してきた。

兎彦は美女の匂いを貪ってから、チロチロと舌を這わせて息づく襞を濡らし、ヌルッと潜り込ませて滑らかな粘膜を探った。

「く……！」

明日香が呻き、キュッときつく肛門で舌先を締め付けてきた。

彼が内部で執拗《しつよう》に舌を蠢《うごめ》かせると、

「も、もうダメよ、そんなところ……」

彼女がクネクネと悶《もだ》えながら言うので、ようやく兎彦も舌を引き抜いて顔を上げた。そして再び明日香を仰向けにさせ、片方の脚をくぐると、股間に顔を迫らせていった。

白く滑らかな内腿を舐め上げ、熱気と湿り気の籠もる中心部に目を凝らした。

（とうとう、女性の神秘の部分に辿《たど》り着いたんだ……）

兎彦は感激に息を弾ませ、初めて見るナマの女性器を観察した。

股間の丘には楚々とした恥毛が柔らかそうに茂り、割れ目からはみ出したピンクの花びらが、溢《あふ》れる蜜にヌメヌメと潤っていた。

そっと指を当てて陰唇を左右に広げると、花弁のように襞の入り組む膣口が妖しく息づき、ポツンとした尿道口も確認できた。

そして包皮の下からは、小指の先ほどもあるクリトリスが、真珠色の光沢を放ってツンと突き立っていた。

3

「アア……、そ、そんなに見ないで……」

明日香が、股間に兎彦の熱い視線と息を感じて喘いだ。

彼も指を離し、そのまま吸い寄せられるように明日香の股間に顔を埋め込んでいった。

柔らかな茂みに鼻を擦りつけて嗅ぐと、隅々には腋の下に似た甘ったるい汗の匂いが濃厚に籠もり、それに蒸れたオシッコらしき匂いも混じって悩ましく鼻腔を刺激してきた。

「いい匂い」

「あう……」

嗅ぎながら思わず股間から言うと、明日香が羞恥に呻き、キュッときつく内腿で彼の両頬を挟み付けた。

兎彦は腰を抱え込み、胸を満たしながら舌を這わせていった。

陰唇の内側に挿《さ》し入れると、淡い酸味のヌメリが舌の動きを滑らかにさせ、彼は膣口の襞をクチュクチュ掻き回し、柔肉をたどって味わいながら、ゆっくりクリトリスまで舐め上げた。

「アアッ……！」

明日香がビクッと顔を仰《の》け反《ぞ》らせて喘ぎ、内腿に力を込めながら、白い下腹を小刻みにヒクヒクと波打たせた。

頑丈そうに出来ている明日香でも、こんな小さな突起に左右されるほど、やはり相当に感じる部分のようだった。

兎彦はクリトリスを刺激しては、新たに溢れてくる愛液をすすった。

さらに指にヌメリを付け、そっと膣口に押し込んでみると、中は実に温かく、心地よい襞が蠢いていた。

そしてクリトリスに吸い付きながら、内壁を指の腹で擦り、天井のGスポットまでいじると、

「も、もうダメよ……、いきそう……」

明日香が言って身を起こしてきたので、ようやく兎彦も股間から這い出して横になっていった。

するとの彼女が、仰向けになった兎彦の股間に顔を寄せてきた。

セミロングの黒髪がサラリと股間を覆い、内部に熱い息が籠もり、明日香の舌先がチロリと先端に触れてきた。

「あう……」

兎彦は激しい快感に呻き、暴発しないよう慌てて肛門を引き締めた。

舌が触れた快感より、生まれて初めて女性の最も清潔な舌先がペニスに触れたことへの大感動があった。

まさか自分のアパートの部屋で、これほど理想的な歳上美女と懇《ねんご》ろになれるなど夢にも思わなかったものだ。

前もって分かっていたのなら机の下にDVDカメラでもセットし、盗撮すれば今後のオナニーライフは限りなく充実することだろう。

明日香は、粘液の滲《にじ》む尿道口をチロチロと舐め、張り詰めた亀頭にしゃぶり付くと、そのままスッポリと喉の奥まで呑み込んでいった。

熱い鼻息が恥毛をそよがせ、彼女は幹を丸く口で締め付けて吸い、口の中ではクチュクチュと舌が蠢いてからみついた。

たちまち彼自身は美女の生温かな唾液にどっぷり浸り、快感に任せて思わずズンズンと股間を突き上げてしまった。

「ンン……」

すると明日香は熱く鼻を鳴らし、合わせて小刻みに顔を上下させ、濡れた口でスポスポと強烈な摩擦を繰り返してくれたのだった。

「い、いきそう……」

急激に絶頂を迫らせた兎彦が言うと、すぐに明日香もスポンと口を引き離してくれた。

やはり口に射精されるより、一つになる方を優先したのだろう。

「入れたいわ」

「ど、どうか跨《また》いで上から入れて下さい……」

明日香が顔を上げて言うと、兎彦は絶頂を堪えながら息を詰めて答えた。

初体験は、歳上女性の女上位が理想だったのだ。

すると明日香もすぐに前進し、仰向けの兎彦の上に身を進ませると、股間に跨がってきた。

　そして自らの唾液に濡れた先端に割れ目を押し付け、膣口に位置を定めると、息を詰めてゆっくり腰を沈み込ませてきたのだった。

　張り詰めた亀頭が潜り込むと、そのままヌルヌルッと滑らかに根元まで吸い込まれ、彼女は完全に座り込んで股間を密着させた。

「アア……、いいわ……」

　明日香が顔を仰《の》け反《ぞ》らせて喘ぎ、無垢なペニスを味わうようにキュッキュッと締め付けてきた。

　兎彦も、肉襞の摩擦と熱いほどの温もり、そしてきつい締め付けと大量の潤いに包まれ、快感の中でとうとう童貞を捨てたのだと実感した。

　世の中に、こんな気持ちの良い穴があるのだろうかと思い、やはり女体は男性器にとって最高に心地よい居場所なのだと実感した。

　やはりペニスに感じる肉体の快感以上に、女体と一つになり、二十歳にしてようやく初体験したという感激が大きかった。

　明日香は何度か密着した股間をグリグリと擦り付けてから、やがて身を重ねてきた。

兎彦も下から両手を回してしがみつき、胸に密着して弾む乳房を味わった。

「脚を立てて、お尻を支えて……」

明日香が囁《ささや》き、彼も言われた通り両膝を立てた。

すると彼女が顔を寄せ、上からピッタリと唇を重ねてきたのだ。

女体にばかり気持ちがゆき、すっかり忘れていたが、これがファーストキスなのである。

それにしても、互いの局部を舐め尽くした最後の最後にキスするというのも、何やら妙で乙なものに思えた。

柔らかな唇が密着すると、弾力とともに唾液の湿り気が伝わり、あまりに間近な美女の顔が眩《まぶ》しかった。

触れ合ったまま口が開き、明日香の長い舌が潜り込んできたので、彼も歯を開いて迎え入れ、ヌラヌラとからみつけた。

生温かな唾液に濡れた舌が滑らかに蠢き、彼女は徐々に腰を動かしはじめたので、兎彦も合わせて股間を突き動かした。

「アアッ……、いい気持ち……」

明日香が口を離し、淫らに唾液の糸を引きながら熱く喘いだ。

しかも脚がM字になって、スクワットするように腰を上下させ、覆いかぶさりながら唾液の糸を引いているので、何やら巨大な蜘蛛に犯されているような感じだった。

明日香の、鼻から洩《も》れてくる息は刺激も微かだったが、口から吐き出される熱い息は湿り気を含み、花粉のような甘い匂いを含んで悩ましく兎彦の鼻腔を掻き回してきた。

（ああ、美女の吐息……）

兎彦は嗅ぎながら高まり、いったん動くと快感で腰の突き上げが止まらなくなってしまった。

明日香の愛液も大洪水になって律動《りつどう》を滑らかにさせ、陰嚢の脇を伝い流れて肛門の方まで濡らしてきた。そして互いの動きが一致すると、クチュクチュと淫らに湿った摩擦音が響いた。

「い、いきそう……」

膣内の収縮も活発になり、いよいよ兎彦も限界が近づいてきた。

「いいわ、いって……、私も……」

許しを得るように言うと、明日香も答えて動きを激しくさせた。

もう溜まらず、兎彦は大きな絶頂の快感に全身を貫かれ、熱い大量のザーメンをドクンドクンと勢いよくほとばしらせてしまった。

「く……！」

兎彦が快感に呻くと、

「あ、熱いわ、いく……、アアーッ……！」

噴出を感じた途端、明日香もオルガスムスのスイッチが入ったように声を上ずらせ、ガクガクと狂おしい痙攣《けいれん》を開始したのだった。

この世にこれほどの快感があるだろうか。

彼は激しく股間を突き上げながら心ゆくまで快感を味わい、最後の一滴まで出し尽くしていった。

すっかり満足しながら徐々に突き上げを弱めていくと、

「アア……」

明日香も満足げに声を洩らし、肌の強ばりを解きながらグッタリと力を抜いてもたれかかってきた。

兎彦は美女の重みと温もりを受け止め、まだ名残惜しげな収縮を繰り返す膣内に刺激され、ヒクヒクと過敏にペニスを跳ね上げた。

「あう……」

　明日香も敏感になったように呻き、幹の震えを抑えるようにキュッときつく締め上げてきた。

　そして兎彦は、美女の吐き出すかぐわしい息を間近に嗅ぎながら、うっとりと快感の余韻に浸り込んでいったのだった。

4

「ああ……、私は、童貞相手なんて初めてだけれど、こんなに気持ち良くなるなんて……」

　呼吸を整えた明日香が、そろそろと股間を引き離しながら言った。

　彼女は枕元のティッシュを手にして割れ目を自分で拭《ぬぐ》い、兎彦の股間に屈み込んできた。そして愛液とザーメンにまみれたペニスに、いきなりしゃぶり付いてきたのである。

「アア……」

　兎彦は唐突な快感に喘ぎ、美女の口の中で舌に翻弄《ほんろう》されながら、急激にムクムクと回復していった。

普段ならオナニーのあと、自分で空しくザーメンを拭かなければならないのだが、生身の相手がいると処理まで、しかもお口で綺麗にしてくれるなんて夢のようだった。

明日香も念入りにヌメリをすすり、清らかな唾液で、すっかり元の硬さと大きさを取り戻したペニスをしゃぶり続けた。

確かに兎彦は、オナニーだって立て続けに三回ぐらい出来るのだし、まして生身の美女がいるのだから、すぐ回復しても不思議ではなかった。

しかし明日香は先端で喉を突かれて、スポンと引き離した。

「もうこんなに大きく……、でも、私はもう充分よ。もう一回入れたら帰れなくなっちゃうから……」

明日香が顔を上げて言い、頼もしげにペニスを見下ろした。

「お口に出してみる？　力の源を飲んでみたいわ」

彼女の言葉だけで、兎彦は危うく果てそうになってしまった。

「じゃ、いきそうになるまでキスしたい……」

彼は答えた。性急に漏らして終えるより、少しでも長く初めての美女を味わいたいのだ。

「いいわ、どうすればいいかしら」

「腕枕して……」

「こう？　甘えるのが好きなの？」

明日香は左手で腕枕してくれ、肌を密着させながら右手でニギニギとペニスを弄《もてあそ》んでくれた。

そして唇が重ねられると、明日香は自分からヌルリと舌を挿し入れ、ネットリとからみつけてきた。兎彦も舌を蠢かせ、美女の生温かな唾液をすすり、彼女の手のひらの中で幹を震わせた。

「もっと唾《つば》を出して……」

「飲みたいの？」

口を離して囁くと、明日香も答え、喘ぎ続けですっかり乾いた口中に懸命に唾液を分泌させ、形良い唇をすぼめて迫った。

やがて白っぽく小泡の多い唾液が、艶めかしくトロリと吐き出されてきた。

彼は舌に受けて味わい、うっとりと喉を潤した。

「もっと……」

「もう出ないわ」

「じゃ息を嗅ぎたい……」

彼は言って彼女の顔を引き寄せ、開いた口に鼻を押し込んで熱い息を嗅いだ。

花粉臭の刺激が馥郁《ふくいく》と鼻腔を満たし、兎彦はこのまま小さくなって美女のかぐわしい口に入りたい衝動に駆られた。

「ああ、いい匂い……」

「本当？　昼食後のケアもしていないのに……」

彼がうっとりと言うと、明日香も答えながら惜しみなく熱い息を吐きかけてくれた。その間も指の愛撫は続き、たちまち兎彦は絶頂を迫らせてクネクネと身悶えた。

「い、いきそう……」

息を詰めて言うと、明日香もいったん指を離して移動した。

大股開きにさせた彼の真ん中に腹這い、何と彼女はまず兎彦の両脚を浮かせ、尻の谷間に舌を這わせてくれたのである。

チロチロとくすぐるように舌を蠢かし、自分がされたようにヌルッと潜り込ませてきた。

「あう……」

兎彦は申し訳ないような快感に呻き、モグモグと味わうように美女の舌を肛門で締め付けた。

明日香も厭わず内部で舌を蠢かし、熱い鼻息で陰嚢をくすぐった。

すると勃起したペニスが、まるで内側から刺激されるようにヒクヒクと上下に震えた。

ようやく脚が下ろされると、明日香はそのまま陰嚢を舐め回し、舌で二つの睾丸を転がし、袋全体を生温かな唾液にまみれさせた。

「ああ……、気持ちいい……」

兎彦は、陰嚢も新鮮に感じることを知り、幹を震わせて喘いだ。

いよいよ明日香が身を乗り出し、肉棒の裏側を、根元から先端までゆっくり舐め上げてきた。

そして粘液の滲む尿道口をチロチロと舐め回すと、丸く開いた口でモグモグとたぐるように根元まで呑み込んでいった。

生温かく濡れた口腔に深々と含まれ、兎彦は息を詰めて快感を噛み締めた。

すると明日香が念入りに舌を這わせて吸い付き、さらに顔を上下させてスポスポと強烈な摩擦を繰り返した。

「い、いきそう……」

兎彦もズンズンと小刻みに股間を突き上げながら口走り、美女の口を汚すことをためらった。しかし彼女は愛撫を続け、飲みたいと言ったのだから構わないだろうと思い、彼も我慢するのを止めた。

やがて彼は股間に熱い息を受け、濡れた口の中で舌に翻弄されながら、あっという間に昇り詰めてしまったのだった。

「いく……、アアッ……！」

快感に喘ぎながら、ありったけの熱いザーメンをほとばしらせた。

清潔な口を汚す禁断の思いも快感に拍車を掛け、二度目とも思えない快感と量であった。

「ンン……」

熱い噴出を喉の奥に受けると、明日香が小さく呻き、さらにチューッと強く吸引してきたのだ。

「あう、すごい……！」

兎彦は、オナニーでは得られないバキューム感覚に呻き、思わず腰を浮かせて身を反らせた。吸われると、ドクドクと脈打つリズムが無視され、何やらペニスがストローと化して、陰嚢から直にザーメンを吸い出されているような妖しい感覚があった。

彼は魂まで吸い取られる思いでヒクヒクと震え、心置きなく最後の一滴まで出し尽くしてしまったのだった。

満足しながらグッタリと身を投げ出すと、明日香も吸引を止め、亀頭を含んだまま口に溜まったザーメンをゴクリと一息に飲み込んでくれた。

「く……」

喉が鳴ると同時に口腔がキュッと締まり、彼は駄目押しの快感に呻いてピクンと幹を震わせた。

ようやく明日香もスポンと口を引き離し、なおも余りをしごくように幹を摩擦し、尿道口に脹らむ白濁の雫《しずく》まで丁寧に舐め取ってくれた。

「も、もういいです、有難うございます……」

兎彦は射精直後の幹を過敏にヒクつかせ、クネクネと腰をよじって降参した。

明日香も舌を引っ込め、淫らに舌なめずりすると股間から這い出し、再び添い寝して腕枕してくれた。

「二度目なのにいっぱい出たわね。気持ち良かった?」

「ええ、すごく……」

兎彦は美女の胸に抱かれ、荒い呼吸を繰り返しながら答えた。

明日香の吐息にザーメンの生臭さは残っておらず、さっきと同じかぐわしい花粉臭の刺激が含まれ、兎彦は胸いっぱいに嗅ぎながら、うっとりと快感の余韻を味わったのだった。

「シャワー借りるわね」

「どうぞ……、今タオルを出します……」

「色々話したいことがあるのだけど、今日はもう頭が真っ白だから、明日、私の研究室に来てくれるかしら」

「分かりました。午後の講義を終えたら伺いますので」

兎彦が答え、呼吸が整うと、明日香は腕枕を解いて起き上がった。

そして全裸のままバスルームに行ってシャワーを出したので、彼も身を起こして洗濯済みのタオルを出し、脱衣所に置いてやった。

(とうとう体験したんだ……)

感激に、いつまでも胸の動悸が治まらなかった。そして彼は明日香の脱いだショーツを手にしてしまった。

裏返すと目立ったシミや抜けた恥毛はないが、食い込みの縦ジワがあり、鼻を埋めて嗅ぐと濃厚な女臭が鼻腔を刺激してきた。

全裸の生身女性がいるのにこっそり下着を嗅ぐと、また新たな秘密を知ったような気がし、ペニスが鎌首を持ち上げてしまった。

(彼女が帰ってから、寝しなにもう一回抜こう……)

兎彦は思いながら、明日香の匂いを記憶するように、ブラウスの腋や下着、パンストの爪先を嗅いでしまったのだった……。

5

「良く来てくれたわ。いっぱい訊きたいことがあるの」

翌日の午後、兎彦が研究室を訪ねると明日香が迎えてくれた。

ここは彼が通う、二子多摩川《ふたこたまがわ》大学である。

東京の南端にあり、近くを流れる多摩川を越えると神奈川県で、この大学は芸術とスポーツを主流としていた。

卒業後、明日香は体育学科講師で、在学中は合気道部。今日は護身術サークルの日ではなく研究室はがらんとしていた。

明日香はコーヒーを淹《い》れてくれ、応接用のソファの向かいに座った。

（こんな美女と、昨夜セックスしたんだ。口内発射も……）

兎彦は明日香を前に、あらためて快感や感触を思い出したが、もちろん彼女は何事も無かったように振る舞っていた。

「どうして弱々しい君が、急に強くなったのか、思い当たることがあったら教えて。それにしても、ウサヒコって変わった名前だわ」

明日香が、正面からじっと兎彦を見つめて言った。

「ええ、卯年《うさぎどし》の元旦生まれなんです」

「そうなの。でも占いでは、節分より以前の早生まれは前年の干支《えと》よね？」

「はい、前年は寅年《とらどし》なんです。だから、僕の中にもう一人、双子の兄の虎彦がいるんです」

「虎彦……、それって、双子が体内にいる奇形嚢腫《きけいのうしゅ》とか……？」

明日香が、興味を持ったように身を乗り出して言った。

「いえ、肉体的には存在しませんし、二重人格でもないです。ただ幼い頃から、弱い僕を鼓舞する虎彦という妄想が根強くあって、それがいつしか僕と同化しはじめたみたいなんです」

「い、いつ頃から……」

「今年、二十歳になってから特に顕著に」

「ふうん、妄想が二十年も経って、現実になりはじめたのかも」

「ええ、僕もそう思います」

彼が答えてカップを手にすると、明日香もコーヒーをすすった。

「妄想の双子のバランス……、でも昨日の力は、二人分ではないわね」

「ええ、僕の計算では、二乗ではないかと思うんです」

「二乗の力……、握力三十なら、九百キロ……、確かに、それぐらいの怪力だったわ……」

明日香がカップを置いて嘆息した。

「その君が、二子多摩川に来たのも何かの因縁かしら」

「そうかもしれないですね」

「それと、もう一つ不思議な符合があるの。私と君の関係……」

明日香が言って立ち上がると、傍らのホワイトボードに、『金烏玉兎《きんうぎょくと》』という四文字熟語を書いた。

「何て読むんですか……？」

「きんうぎょくと。金は太陽、玉は月。太陽の中には三本足の烏《からす》が住み、月には兎《うさぎ》が住んでいるという伝説。要するに日月を表す言葉」

「烏丸先生と兎彦って、運命の出会いですね」

「ええ、武道では、眉間の急所のことを烏兎《うと》と言うの。両目を月と太陽に例えて出来た言葉。それともう一つ、男性の睾丸も二つの玉だから、月と太陽。つまり、金烏玉兎を略して金玉《きんたま》」

美女がいきなり金玉などと言うので、兎彦は思わずビクリと股間を疼《うず》かせてしまった。

「な、なるほど……、別に金色の玉という意味じゃなかったんですね……」

「そう、昨日のコンビニのことを思い出したのだけど、君は一人で連中に立ち向かおうとしていたわね」

「はい、心の中にいる虎彦に叱咤されながら」

「もしかして、新藤早希さんを好き？」

「え、ええ……、日頃から可愛いと思っていましたので……」

初体験してくれた明日香の前で、別の女の子のことを言うのは気が引けたが、彼女は真剣に頭を巡らせているようだ。

「じゃ、その恋心が、力を開花させる切っ掛けになったのね……」

「多分、そうだと思います」

「今は徐々に、兎彦と虎彦が一人になろうとしているようだわ。日頃見てきた君と違い、今の君は男性的な魅力にも溢れているわ」

「ほ、本当ですか……」

言われて、兎彦は驚いて聞き返した。

「ええ、でないと私もあんな衝動には駆られなかったはず。本来の私は強い男が好きだし面食いだから」

「じゃ、コンビニの駐車場のことがなかったら」

「ええ、死んでも君とはセックスなんかしなかったでしょうね。でも今は、すごく好き」

（うわ……）

兎彦は彼女の熱い眼差しに、とうとうムクムクと勃起してきてしまった。

「今度の護身術の稽古日に来てほしいわ。本来は男子禁制だけど、君なら皆も受け入れてくれるでしょう」

「はい、伺います。怪力だけでなく、技も覚えれば手加減も出来るようになるだろうし」

兎彦が答えると、明日香も頷いて立ち上がり、空のカップを片付けた。

「本当は、すぐにもここでしたいところだけど、これから会議に出ないとならないの」

「そ、そうですか……」

明日香も性衝動に駆られていたようで、兎彦は嬉しい反面がっかりした。

「また今度ね。ライン交換しましょう」

明日香が言うので、兎彦もスマホを出してラインのアドレスを交換した。

そして名残惜しいまま、兎彦は彼女の研究室を出たのだった。

外に出て帰ろうと歩き出すと、ちょうどそこに早希が通りかかった。

「あ、早希ちゃん、帰るところ？」

声を掛けると、振り返った早希が嬉しげな笑みを浮かべた。

「ええ、帰ります」

「じゃ一緒に帰ろうか。昨日みたいなことがあるといけないしね」

兎彦が言うと、早希も頷き、一緒に大学を出た。

ショートカットに笑窪の愛らしい美少女で、まだ高校生と言っても充分に通用するだろう。

「昨日、吃驚《びっくり》しました。玉川さんがあんなに強いなんて」

「ううん、夢中だっただけだよ。だってあとになって震えていたのを知ってるだろう？」

「ええ、でも嬉しかったです。烏丸先生と一緒に来てくれて」

「ああ、運が良かったんだよ」

兎彦は、送るつもりで住宅街の方へ一緒に向かい、ほのかな風に混じる乳臭い髪の香りが股間に響いてきた。

いかに処女でも、もう自分は体験しているのでリードできるだろう。

「ね、これからうちへ来てくれませんか？」

と、いきなり早希が言った。

「え、いいけど……」

「タブレットの使い方を教わりたいので」

早希は言い、弾むような足取りで家まで案内してくれた。

そして着くと、鍵を出してドアを開けたので、

「家の人は？」

「今日から旅行に出ちゃったので、私一人なんです」

早希は言い、彼を中に招き入れた。そして兎彦が上がり込むと、彼女はドアを閉めて内側からロックし、密室になったことで彼の股間はさらに熱くなってしまった。

早希も、兎彦と同じく一人っ子である。

彼女は二階の自室に兎彦を招くため、先に階段を上がった。

先を行く美少女のスカートが揺れるたび、生ぬるい風が顔を撫でた。兎彦は彼女の健康的な脚の躍動を見つめ、脹ら脛とヒカガミ、太腿の絶対領域に視線が釘付けになってしまった。

やがて二階の部屋に入ると、室内には思春期の生ぬるい匂いが悩ましく籠もっていた。窓際にベッド、手前に机と本棚、そして少女っぽいぬいぐるみなども置かれている。

「お部屋に男性が入るなんて初めて……」

早希はほんのり頬を上気させて言い、机の上のパソコンなどどうでも良くなっ

たように、彼に椅子をすすめ、自分はベッドの端に腰を下ろした。

（出来るかも……）

兎彦は、痛いほど股間を突っ張らせながら、処女相手に切っ掛けをどうしようかと思ったのだった。

第二章　好奇心に濡れる美少女

1

「今まで、彼氏とかいなかったのかな？」

兎彦は、可憐な早希に胸を高鳴らせながら言った。

「ええ、女子高だったし、美術部で絵ばっかり描いていました。大学に入ってからも、覚えることがいっぱいあったので好きな人もいなかったんです。昨日までは……」

早希が愛くるしい眼差しを向け、頬を染めて言った。

そうか、こんなに大胆に告白してくるのなら、兎彦の方から切っ掛けなど探さなくても良かったのだと思った。

見た目は可憐な美少女でも、その内心は好奇心がいっぱいで、しかも大学生になっても無垢なのを恥ずかしく思っているのかも知れない。

だから彼女も、そうした決意を持って兎彦を誰もいない家に呼んだのだろう。

「じゃキスしたこともない？」

「ないです。女の子同士で悪戯《いたずら》にしたことはあるけど……」

「ファーストキスは、僕がもらってもいい？」

思いきって言うと、早希が微かにビクリと身じろいだ。

「そ、そんなストレートに言うんですか……」

「うん、僕も全く未経験だし、早希ちゃんが最初だといいなと思っていたから」

兎彦は嘘を言った。

しかしファーストキスも初体験も昨夜のことだから、二十四時間前はまだ無垢だったので、それほど大きな嘘ではないだろう。

「玉川さんも未経験って、本当ですか……？」

「うん、僕も絵と受験ばっかりだったからね」

兎彦は答え、期待と興奮に激しく勃起してきた。

そして椅子からベッドに移動し、隣に座って早希の肩を抱き寄せた。

「あ……」

彼女は小さく声を洩らし、拒まずに身を寄せてきたのだった。

兎彦も、まるでこれが本当のファーストキスのように胸を高鳴らせ、顔を寄せていくと早希が長い睫毛《まつげ》を伏せた。

レースのカーテン越しに射す西日を受けた頬が、水蜜桃《すいみつとう》のように産毛を輝かせて、ぷっくりした唇が僅《わず》かに開いて綺麗な歯並びが覗いていた。

そっと唇を重ねていくと、柔らかなグミ感覚の弾力と、ほのかな唾液の湿り気が伝わった。

兎彦は感激と共に感触を味わい、そろそろと舌を挿し入れていった。

滑らかな歯並びを舌先で左右にたどり、ピンクの引き締まった歯茎まで探ると彼女も歯を開き、侵入を受け入れてくれた。

中に潜り込ませ、生温かな唾液に濡れた舌を舐めると、何とも心地よい感触だった。

「ンン……」

早希が小さく呻き、徐々にチロチロと舌を蠢かせてくれた。

兎彦は味わいながら、ブラウスの胸にタッチすると、

「アア……」

早希が口を離して熱く喘ぎ、兎彦は甘酸っぱい吐息に酔いしれた。

「じゃ、脱いじゃおうね」

囁いてブラウスのボタンに手をかけると、早希も自分で外しはじめてくれた。

兎彦は立ち上がり、手早く全裸になって先にベッドに横たわった。枕には、美少女の髪の匂いや汗、涎《よだれ》などの混じった匂いが悩ましく沁み付き、その刺激が艶めかしくペニスに伝わってきた。

早希も、もうためらいなく背を向けてブラウスとスカートを脱ぎ、ソックスとブラも取り去った。そして最後の一枚を脱ぐとき前屈みになったので、彼の方に白い尻が突き出された。

ふと彼は思い、口に出してみた。

「もしかして、高校時代の制服まだ持ってる？」

あまりの美少女なので、性急に済ませるのが惜しく、少しでも若い娘を味わいたかったのである。

「え、ええ、ありますけど……」

「それを着てみて」

言うと、一糸まとわぬ姿になった早希は、モジモジとロッカーに行って開け、奥からセーラー服を出してくれた。

早希も全裸を隠すように、急いで濃紺のスカートを穿《は》き、白い長袖のセーラー服を着た。

濃紺の襟と袖に三本の白線、そして白いスカーフを締めると、たちまち可憐な女子高生が現れた。まだ卒業して七ヶ月だから体型も変わらず、もともと若作りだから実に似合っていた。

「わあ、可愛い。こっちへ来て」

言うと早希も、恐る恐るベッドに上がってきた。

「ここを跨いで座って」

下腹を指して言うと、早希はあまり勃起したペニスを見ないようにしながら、そろそろと跨がって座り込んでくれた。

スカートの中はノーパンだから、彼の下腹に割れ目が直に密着してきた。

その割れ目も、僅かに潤いはじめているようだ。

「ああ、変な気持ち……」

早希が座りにくそうに腰をよじって言った。

「じゃ、両足を伸ばして僕の顔に乗せて」

「ええっ？　そんなの、重いですから……」

「大丈夫、どうしてもして欲しいんだ」

初体験から、あまり変なことをさせるのも酷だが、これは高校時代から処女にしてもらいたい根強い願望なのだった。

彼は早希の両足首を掴んで顔に引き寄せ、立てた膝に彼女を寄りかからせた。

「あん……、いいのかしら、こんなこと……」

彼女が身をよじりながら、引っ張られるまま、とうとう両足の裏を兎彦の顔に乗せてしまった。

兎彦は美少女の全体重を受けて陶然《とうぜん》となり、勃起したペニスで彼女の腰をトントンとノックした。

顔中に密着した両足の裏にも舌を這わせ、縮こまった指の間に鼻を割り込ませて嗅ぐと、やはり汗と脂に生ぬるく湿り、ムレムレの匂いが濃厚に沁み付いて鼻腔を刺激した。

そして爪先にしゃぶり付いて桜色の爪を舐め、全ての指の股に順々に舌を挿し入れて味わうと、

「あう、ダメ、汚いです……」

早希がビクリと震えて呻き、腰をよじるたび密着する割れ目の潤いが増した。

兎彦は美少女の足を貪り、味と匂いを心ゆくまで味わうと、ようやく口を離し

て彼女の手を引いた。

「じゃ、前に進んで顔に跨がってね」

「そ、そんなこと、恥ずかしいです……、アア……」

彼女はむずがるように言いながらも、また引っ張られるまま彼の顔の左右に足を置き、そろそろと前進してきた。

とうとうセーラー服の美少女が、和式トイレスタイルでしゃがみ込むと、M字になった脹ら脛と太腿がムッチリと張り詰め、ぷっくりと丸みを帯びた割れ目が鼻先に迫った。

神聖な丘に煙る若草は楚々《そそ》として淡く、恥ずかしげにほんのひとつまみほど生えているだけだ。割れ目からはみ出した花びらは綺麗なピンクで、内から滲む蜜に潤っていた。

そっと指を当てて陰唇を左右に広げると、無垢な膣口が襞を震わせて息づき、小さな尿道口もはっきり確認できた。

そして包皮の下からは、明日香よりずっと小粒のクリトリスが顔を覗かせ、光沢を放っていた。

実に綺麗で神聖な眺めである。

もう堪らず、兎彦は彼女の腰を抱き寄せ、処女の割れ目に鼻と口を押し付けていった。

柔らかな若草の隅々には、蒸れた汗とオシッコの匂いが生ぬるく籠もり、さらに処女特有の恥垢だろうか、微かなチーズ臭も混じって悩ましく鼻腔を掻き回してきた。

「いい匂い」

「あん……」

嗅ぎながら股間の真下から言うと、早希が声を洩らしてビクリと震え、思わず座り込みそうになるのを、懸命に彼の顔の左右で足を踏ん張って堪えた。

兎彦は鼻腔を満たしながら舌を這わせ、陰唇の内側に挿し入れていくと、やはり淡い酸味のヌメリが感じられた。

舌先で処女の膣口をクチュクチュ掻き回し、小粒のクリトリスまでゆっくり舐め上げていくと、

「アアッ……！」

早希が激しく喘ぎ、ヒクヒクと小刻みに下腹と内腿を震わせた。

クリトリスを舐めるたび、蜜の量が格段に増してきたようだ。

彼は処女の味と匂いを心ゆくまで堪能してから、さらに大きな白桃のような尻の真下に潜り込んでいった。

谷間の蕾も綺麗な薄桃色で、ひっそりと閉じられ、兎彦は顔中にひんやりした双丘を受け止めながら鼻を埋めて嗅いだ。

2

「あう、ダメ、そんなところ……」

早希が尻をくねらせて言い、両手でベッドの桟《さん》に掴まった。まるでオマルにでも跨がっているようだ。

兎彦は、蕾に籠もる微香を貪った。蒸れた汗の匂いに、秘めやかなビネガー臭も混じって鼻腔を刺激してきた。

家も学内も、トイレは全てシャワー付きだが、それでも過ごすうち気体が漏れることもあるだろう。それで淡い微香も残っているのだ。

彼は胸いっぱいに嗅いでから、やがて蕾に舌を這わせた。

細かに震える襞をチロチロと舐めて濡らし、ヌルッと潜り込ませて滑らかな粘

膜を探ると、

「く……、ダメ……！」

早希が呻き、キュッと肛門できつく彼の舌先を締め付けてきた。

兎彦は内部で舌を蠢かせ、締め付けと淡く甘苦い微妙な粘膜の味わいを堪能した。すると割れ目からは、新たな蜜がトロトロと溢れ、彼の鼻先を生ぬるく濡らしてきた。

彼は再び割れ目に戻って清らかな蜜をすすり、チュッとクリトリスに吸い付いていった。

「ああッ、も、もうダメ……」

早希が絶頂を迫らせたように喘ぎ、激しく腰をよじって股間を引き離した。

ようやく兎彦も舌を引っ込め、彼女を添い寝させてセーラー服の裾をめくり上げ、張りのある可愛いオッパイを露わにさせた。

乳首も乳輪も実に初々しく清らかな薄桃色で、しかも僅かの間にもセーラー服の内部に熱気が籠もり、甘ったるい体臭が漂っていた。

彼は匂いに誘われるように、チュッと乳首に吸い付いて舌で転がした。

「アア……」

早希がビクッと顔を仰け反らせて喘ぎ、思わずギュッと彼の顔を胸に抱きすくめてきた。

兎彦は乳首を舌で転がしながら、顔中を膨らみに押し付けて思春期の弾力を味わった。早希はくすぐったそうに息を詰め、少しもじっとしていられないようにクネクネと悶えていた。

彼はもう片方の乳首も含んで舐め回し、充分に味わうと、さらに乱れたセーラー服の中に潜り込み、美少女の腋の下に鼻を埋め込んだ。

生ぬるくジットリ湿ったそこは、何とも甘ったるいミルクのような汗の匂いが濃厚に籠もっていた。

「あん、ダメ……」

兎彦は十八歳の体臭を貪り、舌を這わせると、
早希が声を洩らし、彼の顔を腋の下から追い出してきた。

「ね、自分でオナニーすることはあるの？」

添い寝しながら、兎彦は訊いてみた。

「たまに……」

「指は入れるの？　クリトリスだけ？　気持ち良くていっちゃう？」

「よく分からないわ……」

立て続けに訊くと、早希は羞じらいではっきり答えなかった。それでも、クリトリスオナニーの快感は知っているのだろう。

兎彦は彼女の手を握り、激しく勃起したペニスに導いた。

早希はビクリと震えたが、いったん触れると好奇心が湧いたように、生温かく汗ばんだ手のひらに包み込み、硬度や感触を確かめるようにニギニギと動かしてくれた。

「ああ、気持ちいい……」

彼は無邪気な愛撫に喘ぎ、仰向けの受け身体勢になりながら、そろそろと早希の顔を股間へと押しやった。

すると彼女も好奇心に突き動かされ、顔を移動させていった。

大股開きになると早希は真ん中に腹這い、彼の股間に顔を寄せた。

「好きなようにいじって」

「ええ……、変な形……」

言うと、彼女は初めて見る男性器に熱い視線を注いで答えた。

あらためて張り詰めた亀頭と幹を指先で撫で、陰嚢にも触れて二つの睾丸を確認し、袋をつまみ上げて肛門の方まで覗き込んできた。

「お口で可愛がって……」

視線と息を感じながら言うと、早希も身を乗り出し、肉棒の裏側を舐め上げてくれた。

股間を見ると、セーラー服の可憐な美少女が、まるでキャンディでも舐めるようにピンクの舌を這わせているのだ。その眺めだけでも、彼はすぐにも漏らしそうなほど高まってしまった。

先端まで舐めると、早希は幹に指を添え、粘液の滲む尿道口も厭わずチロチロと舐めてくれ、さらに亀頭をくわえた。

「ああ、もっと深く……」

言うと早希も丸く開いた口でスッポリと喉の奥まで呑み込んでくれ、熱い鼻息で恥毛をくすぐった。

口の中では探るようにクチュクチュと舌がからみつき、たちまち亀頭は美少女の清らかな唾液に生温かくまみれた。

そして兎彦が快感に任せ、ズンズンと股間を突き上げはじめると、

「ンン……」

　喉の奥を突かれた早希が小さく呻き、合わせて顔を小刻みに上下させ、スポスポと強烈な摩擦を繰り返してくれた。ぎこちなく、たまに軽く当たる歯も新鮮な刺激だった。

「い、いきそう……」

　兎彦が言って腰をよじると、早希もすぐにチュパッと口を引き離した。

　汚れない美少女の口に射精するのも魅力だが、やはりここは早く一つになりたかった。

「入れたいけど、コンドームとか、持ってないよね……」

「着けなくても大丈夫です。千絵《ちえ》さんに生理不順を相談したら、ピルを飲むように言われているので」

　兎彦が言うと、早希が答え、彼はナマで中出し出来ることに狂喜した。千絵というのは、同じ学科の四年生である。

　身を起こし、早希を仰向けにさせると裾をめくり、彼は股間を進めていった。

　彼女もすっかり覚悟を決めて、されるまま身を投げ出している。

　兎彦は濡れた割れ目に先端を擦り付け、位置を定めていった。

　歳上の明日香との初体験は女上位が良いが、やはり処女を相手の時は正常位だろうと、彼は前から思っていたのだ。

ヌメリに合わせてゆっくり挿入していくと、張り詰めた亀頭が処女膜を丸く押し広げて潜り込んでいった。破瓜《はか》の痛みを一瞬で終わらせるように、ヌルヌルッと一気に根元まで押し込むと、

「あう……！」

早希が眉をひそめて呻き、キュッときつく締め付けてきた。

それでも潤いが豊富なので滑らかに入り、股間が密着した。

まして彼女も十八歳の大学一年生だから痛みよりも、ようやく初体験した感慨の方が大きいだろう。

兎彦は熱いほどの温もりときつい締め付け、肉襞の摩擦と潤いを味わいながら脚を伸ばし、身を重ねていった。

「大丈夫？」

囁くと、早希も薄目で彼を見上げながら小さく頷き、下から両手でしがみついてきた。まだ動かず、生まれて初めて処女と一つになった感激を噛み締めながら上からピッタリと唇を重ねていった。

柔らかな感触を味わいながら舌を挿し入れると、早希も歯を開いて舌をからめ

てくれた。

滑らかな舌を舐め回し、様子を見ながら徐々に腰を突き動かしはじめると、早希が顔を仰け反らせて喘いだが、溢れる蜜ですぐにも動きがヌラヌラと滑らかになっていった。

「アア……！」

開いた口に鼻を押し込んで嗅ぐと、熱く湿り気ある息が濃厚に甘酸っぱい匂いを含み、悩ましく胸に沁み込んできた。

「ああ、いい匂い……」

兎彦は美少女の口の匂いに酔いしれて喘ぎ、快感に任せて次第にズンズンとリズミカルに動いてしまった。するとクチュクチュと湿った摩擦音が聞こえ、彼女も痛みが麻痺したように身を投げ出していった。

どうせ初回から大きな快感は望めないだろうから、長く保たせる必要もない。

兎彦は動きながら心地よい摩擦と吐息の刺激に、あっという間に昇り詰めてしまった。

「く……！」

突き上がる大きな絶頂の快感に呻き、彼は熱い大量のザーメンをドクンドクンと勢いよく柔肉の奥にほとばしらせた。

「ああ……」

熱い噴出を感じたように早希が喘ぎ、兎彦は快感を噛み締めながら心置きなく最後の一滴まで出し尽くしたのだった。

3

「大丈夫……？」

激情が過ぎ去り、兎彦は満足して動きを弱めながら、また囁いた。

すると早希も目を閉じたまま小さく頷き、熱い息遣いを繰り返した。

まだ収縮する膣内に刺激され、彼は射精直後の幹をヒクヒクと過敏に震わせながら、果実臭の吐息を嗅いでうっとりと快感の余韻を味わった。

完全に動きを止めて呼吸を整えると、兎彦はようやく起き上がり、枕元のティッシュを手にしながらそろそろと股間を引き離した。

手早くペニスを拭い、セーラー服姿で身を投げ出す美少女の股間に迫った。

見ると陰唇が痛々しくめくれ、膣口から逆流するザーメンにうっすらと血が混じっていた。

そっとティッシュで拭ってやると、兎彦は身を起こし、憧れの処女を征服した満足感に浸った。

「シャワーを浴びたいわ……」

早希が言って起き上がってきたので、支えながら彼はセーラー服とスカートを脱がせてやった。

そしてベッドを降りると全裸のまま、二人で階段を下りて階下のバスルームへと行った。初めて入った他人の家の中を、全裸で歩き回るというのも妙な気持ちである。

早希がシャワーの湯を出し、二人で浴びた。彼女も、ようやく全身を洗い流してほっとしたようだった。

「ね、こうして」

兎彦は床に座り、早希を目の前に立たせた。さらに片方の足を浮かせ、バスタブのふちに乗せさせた。

「どうするの……？」

「オシッコしてみて」

「ええっ、そんなの無理よ……」

言うと早希が驚き、文字通りビクリと尻込みした。

「ほんの少しでいいから」

兎彦は言いながら彼女の腰を抱え、開いた股間に鼻と口を埋めた。

湯に濡れた恥毛は、もう濃厚だった匂いも薄れてしまったが、それでも舐め回すと新たな蜜が溢れてきた。

ヌメリに合わせて柔肉を掻き回し、クリトリスにチュッと吸い付くと、

「あう、ダメ、吸うと本当に出ちゃいそう……」

早希が息を詰めて言い、湧き上がる尿意を堪えるように下腹に力を入れた。

しかし刺激されるうち、奥の柔肉が迫り出すように盛り上がり、味わいと温もりが変化してきた。

「く……、出る……」

彼女が呻くなり、とうとうチョロチョロと熱い流れがほとばしってきた。

兎彦は嬉々として舌に受け、美少女の出したものを味わった。匂いも味も淡く控えめなもので、飲んでみると抵抗なく喉を通過した。

「アア……、ダメ……」

彼が口に受けていることを知り、早希は壁に手を突いて身体を支えながら喘いだ。しかし、いったん放たれた流れは止めようもなく、ますます勢いを増して彼の口に注がれた。

早希がガクガクと膝を震わせ、腰をよじるたび熱い流れが揺らいだ。

勢いがつくと口から溢れた分が温かく胸から腹に伝い流れ、すっかりピンピンに回復しているペニスが心地よく浸された。

やがてピークを過ぎると急激に勢いが衰えてゆき、間もなく流れは治まってしまった。

兎彦は余りの雫をすすり、残り香に酔いしれながら割れ目内部を掻き回すと、新たな愛液で舌の動きが滑らかになった。

「も、もうダメ……」

早希が声を洩らして足を下ろすと、力尽きたようにクタクタと座り込んでしまった。

それを抱き留め、もう一度二人で湯を浴びると、彼は支えながら早希を立たせて互いの身体を拭いた。

再び全裸のまま二階の部屋に戻り、添い寝して肌をくっつけた。

「またこんなに勃っちゃった……」

兎彦は言い、彼女の手をペニスに導いた。

「今日はもう入れないで。まだ何か入っているみたいな感じ……」

早希も、ニギニギと愛撫してくれながら言った。

「うん、じゃいきそうになったらお口でして……」

彼は答え、しばし美少女の指に高まりながら唇を重ね、舌をからめた。

唾液に濡れた舌を充分に味わうと、さらに兎彦は早希の開いた口に鼻を押し込み、何とも可愛らしく甘酸っぱい吐息を胸いっぱいに嗅いだ。

「あ……」

早希は指を動かし続け、口を嗅がれ羞じらいながらも、惜しみなく果実臭の息を吐きかけてくれた。

やがて高まると、兎彦は彼女の顔を股間に押しやった。

大股開きになると、早希も素直に腹這い、可憐な顔を寄せてきた。

「先にここ舐めて……」

兎彦は言い、両脚を浮かせて抱えながら尻を突き出した。

すると早希も厭わず、チロチロと彼の肛門を舐め回し、自分がされたようにヌルッと潜り込ませてくれた。

「あう、気持ちいい……」

兎彦は快感に呻き、モグモグと美少女の舌を肛門で締め付けた。

早希も内部で舌を蠢かせてくれ、彼が脚を下ろすと、そのまま陰嚢を舐め回してくれた。

無邪気な舌が睾丸を転がし、袋全体が生温かな唾液にまみれた。

せがむように幹をヒクヒクさせると、いよいよ早希の舌が肉棒の裏側を舐め上げ、尿道口を舐めて亀頭にしゃぶり付いてきた。

「深く入れて……」

言うと早希も小さな口を精一杯丸く開いてスッポリと呑み込み、熱い鼻息で恥毛をくすぐった。

股間を突き上げ、先端がヌルッとした喉の奥の肉に触れると、

「ンン……」

早希が小さく呻き、清らかな唾液がたっぷり溢れて肉棒を浸した。さらにズンズンと突き上げると、彼女も合わせてスポスポと濡れた口で摩擦してくれた。

股間を見ると、さっきのセーラー服姿と違い、全裸の美少女が無心におしゃぶ

りする眺めも実に新鮮だった。

「い、いく……、お願い、飲んで……」

たちまち兎彦は昇り詰め、大きな快感に身悶えながら口走った。

同時に、ありったけの熱いザーメンがドクンドクンと勢いよく神聖な美少女の口内にほとばしり、喉の奥を直撃した。

「ク……」

早希は息を詰め、噎《む》せそうになりながらも舌の蠢きと摩擦を続行してくれた。

「ああ、気持ちいい……」

兎彦はガクガクと身悶えながら熱く喘ぎ、美少女の清らかな口を汚す快感に胸を震わせた。そして快感を噛み締め、心置きなく最後の一滴まで絞り尽くしたのだった。

すっかり満足してグッタリと身を投げ出すと、早希も蠢きを止め、亀頭を含んだまま口に溜まったザーメンをコクンと飲み干してくれた。

「あう……」

キュッと締まる口腔に呻き、彼は駄目押しの快感を得た。

ようやく早希もチュパッと口を離し、なおも幹を握って動かし、尿道口から滲む余りの雫まで丁寧に舐め取ってくれた。

「く……、も、もういいよ、どうも有難う……」

兎彦はクネクネと腰をよじらせ、幹を過敏に震わせながら言った。

早希も舌を引っ込め、別に不味《まず》くなかったようにチロリと舌なめずりしながら添い寝してきた。

兎彦は甘えるように腕枕してもらい、美少女の胸で荒い呼吸を整え、早希の吐息を嗅ぎながら余韻を味わった。

もちろん彼女の息にザーメンの匂いは残らず、さっきと同じ甘酸っぱい果実臭がしていた。

「飲むの、嫌じゃなかった……？」

「ええ、少し生臭いけど、そんなに味もないし……」

訊くと早希が答え、兎彦は美少女に抱かれながら、このまま眠ってしまいたいほどの安らぎを覚えた。

そして憧れの明日香に続き、処女の早希まで思い通りにしてしまい、急に向いてきた女性運を噛み締めたのだった。

4

「そう、覚えが早いわ。さっきのが入《い》り身投《みな》げ、これが四方投《しほうな》げ」

道場で、合気道着姿の明日香が兎彦に言った。

今日は護身術サークルの日で、女子柔道場の片隅を借りて稽古していた。

道着は明日香だけで、兎彦や他の女子大生たちはジャージ姿である。

処女を失ったばかりの早希もいるし、四年生で早希が懐いている麻生《あそう》千絵も来ていた。

兎彦は、明日香に合気道の基本技を教わった。今まではスポーツはまるでダメだったのだが、今は内なる虎彦の影響か、思う以上に身体が動き、たちまち多くの投げ技をマスターしていった。

もちろん合気道サークルではないので、明日香は様々な状況で襲われた場合の対処法も伝授していた。

と、そのとき二人の男子学生が入って近づいてきた。二人とも空手着で黒帯を締めている。

「へえ、ここは男子禁制じゃなかったのか」

「護身術なら、稽古相手になってやろう」

ガラの悪そうな二人が言い、やはり弱そうな兎彦に迫ってきた。

「ちょっと、あんたたち、主将の許しは得ているの？」

明日香が前に出て毅然と言った。

「そんなもん得ていない。男がいるなら構わないだろうと思って来たんだ」

空手部の二人は三年生らしい。間もなく四年生も引退だから、部の中でも自由に振る舞っているのだろう。

胸に名が刺繍してあり、一人は根本《ねもと》、もう一人は前川《まえかわ》と書かれていた。

「いいでしょう。暴漢役になってもらいましょう」

兎彦は言い、明日香や女子たちを下がらせた。

「いい度胸だ。言っておくが本番だから寸止めはしないぞ」

「どうぞ。こちらも空手は素人なので本気で行きます」

兎彦が言って自然体に構えると、先に根本が突きかかってきた。もちろん本気で殴りかかってきたのではなく、からかい半分だ。倒すことより、女子の中にいる兎彦に恥をかかせたいだけなのだろう。

兎彦からは、相手の動きがスローモーションに見えた。

だから難なく躱《かわ》し、代わりに寸止めで相手の脇腹に正拳を繰り出した。道着の表面だけに当て、バシッと音がすると、

「こ、こいつ……」

根本が眉を険しくさせ、次第に本気で拳や蹴りを繰り出してきた。

それを悉《ことごと》く避けては、兎彦の拳が相手の急所に飛んでピタリと止まった。

避けて後退する根本の鼻先に、ビュッと正拳を繰り出して寸止めすると、

「うわ……！」

とうとう根本は声を上げて尻餅を突いてしまった。

「俺が相手だ！」

大柄な前川が言って技を繰り出すと、兎彦はその手首を握り、覚えたばかりの合気道で軽く捻りながら反転した。

前川は見事に一回転し、肩から畳に落下していった。

「むぐ……！」

受け身を取り損ねた彼が呻き、そのまま白目を剥いて伸びてしまった。

「もういいだろう。連れて帰ってくれ」

兎彦は言い、身を起こした根本に向かい、引き立たせた前川の身体を預けた。

「く……、覚えていろよ」

根本は決まり文句を言い、前川を支えながら出て言ってしまった。

「すごいわ……」

千絵が言い、熱っぽい眼差しを兎彦に向けてきた。

もちろん早希もうっとりとし、明日香はあらためて驚いているようだ。

「前の力技と違い、今のは、花も実もある本当の武道の技だったわ。それにしても覚えた技をすぐ実戦で使えるとは、なんて早い成長かしら……」

明日香は惚れ惚れとして言い、ようやく気を取り直して稽古を続行した。

兎彦も、動き回るうち自身の身体能力が嬉しく、そして彼女たちから漂う甘ったるい汗の匂いに股間を熱くさせてしまった。

そして稽古を終えると皆で着替え、明日香は仕事の整理があるとかで研究室に行き、早希は親が旅行から帰るので一緒に夕食する約束しているらしく先に帰っていった。

「私、明日香先生より玉川くんに教わりたいわ」

千絵が近づいて声をかけ、どちらからともなく一緒に大学を出た。

もちろん研究室では何度も顔を合わせている、長い黒髪にメガネの、図書委員風の二十一歳である。しかし稽古中はメガネを外し、髪を束ねていたので、それも新鮮な印象を残していた。

兎彦より一級上の、知的で上品なお姉さんといった感じである。

「私も運動が苦手だったから、同類かと思っていたのに」

千絵が言う。彼女も幼い頃から絵を描き、中学高校はずっと美術部に所属していたらしい。

「うん、急に動けるようになったんだ。不思議なんだけど」

「不思議なこと大好き。これからうちへ来ない？　すぐそこなので」

言われて、兎彦も股間を熱くさせながらついていった。

千絵の住むハイツは、五分ほど歩いた住宅街の入り口にあった。一階で、彼女はすぐ鍵を開けて彼を招き入れた。

内側からドアをロックすると、兎彦は密室になった興奮に勃起しはじめた。

案外広くて二間あり、キッチンも清潔である。

一部屋は、リビング兼アトリエで画材が多く、もう一間は寝室兼勉強部屋で机と本棚があった。

「早希から聞いたわ。処女を奪っちゃったって？」

密室になると、急に千絵が悪戯っぽい眼差しになって言った。

「え……、早希ちゃんが言ったのかな」

「ううん、聞き出したの。処女でなくなったのが分かったから」

千絵が言い、女の勘とはすごいものだと思った。

してみると旅行から帰った早希の母親も、一目で気づくのではないかと心配になった。

早希と千絵は一年生と四年生だが、だいぶ仲が良いらしい。

「私ともして」

千絵が、メガネ越しに目をキラキラさせて言った。見かけは真面目で控えめそうだが、実際は相当に積極的なようだ。

「か、彼氏はいるの？」

「今はいないわ。高校時代に一人、大学で一人いたけど春に卒業して、地方に就職したら自然消滅」

してみると兎彦で三人目、男は半年ぶりぐらいのようだ。

「嫌でなかったら脱いで」

千絵は言い、彼を寝室に招いて自分から脱ぎはじめた。

兎彦も、寝室内に籠もる生ぬるく甘い匂いに興奮を高めながら、手早く脱いでいった。

さっきの稽古後はシャワーも浴びていないから、千絵の全身は汗ばんでいることだろう。

「ね、早希にしたのと同じようにして」

千絵が言い、たちまち一糸まとわぬ姿になると、メガネを外して枕元に置き、ベッドに身を投げ出していった。

兎彦も全裸になり、彼女の肢体を見下ろした。

ほっそりと見えたが着痩せするたちなのか、乳房は意外に豊かで張りがあり、ウエストがくびれて腰のラインも豊満だった。

彼はのしかかり、チュッと乳首に吸い付いて舌で転がした。

「アア……」

千絵はすぐにも熱く喘ぎ、クネクネと身悶えながら久々の男を味わいはじめたようだ。

兎彦は顔中で乳房の張りを味わい、もう片方の乳首も含んで舐め回した。

そして両の乳首を交互に味わうと、腕を差し上げて腋の下にも迫っていった。

すると、何とそこには淡い腋毛《わきげ》が煙っているではないか。

「ごめんね、彼がいないから処理も面倒で……」

「ううん、すごく色っぽいよ」

千絵が言い、兎彦は答えながら腋に鼻を埋め込んでいった。

清楚なメガネ美女が、脱がせると腋毛があるというのは一種のギャップ萌えで彼は激しく興奮した。

柔らかな和毛《にこげ》に鼻を擦りつけて嗅ぐと、甘ったるい濃厚な汗の匂いが悩ましく鼻腔を刺激してきた。

彼は胸を満たしながら舌を這わせ、脇腹をたどって臍を舐め、張りのある下腹にも顔を押し付けて弾力を味わった。

そしてまだ勿体《もったい》ないので股間を後回しにし、腰からムッチリした太腿に降りていった。

脛《すね》に迫ると、そこにもまばらな体毛があって野趣溢れる魅力が感じられた。

兎彦は舌を這わせて足首まで下り、足裏に回り込んで踵から土踏まずを舐め、指の股に鼻を割り込ませて嗅いだ。

やはりそこは汗と脂にジットリ湿り、蒸れた匂いが濃く沁み付いていた。

彼は匂いを貪ってから爪先にしゃぶり付き、順々に指の間にヌルッと舌を割り込ませて味わった。

5

「あう……、汚いのに……」

千絵が呻き、彼の口の中で唾液に濡れた指を縮め、舌先を挟み付けてきた。

兎彦は両足とも、全ての指の間を舐め回し、やがて股を開かせて脚の内側を舐め上げていった。

白いスベスベの内腿を舐め上げ、熱気と湿り気の籠もる股間に迫った。

丘に茂る恥毛は黒々と艶があり、濃く密集して肛門の方まで生えていた。

これも野趣溢れるギャップ萌えである。

見た目は大人しげなのに、その肉体はまるで彼女の淫らな内面のようにワイルドだった。

割れ目からはみ出した陰唇を開くと、膣口の襞は白っぽい粘液が滲んでいた。

クリトリスも実に大きめで、亀頭をミニチュアにしたような形で鈍い光沢を放っていた。

もう堪らずに顔を埋め込み、柔らかな恥毛に鼻を擦りつけて嗅ぐと、蒸れた汗とオシッコの匂いが濃厚に鼻腔を刺激してきた。

「アア……、嫌な匂いしない？」

「すごく濃くていい匂い」

「ああッ……！」

嗅ぎながら答えると、千絵は羞恥に熱く喘ぎ、内腿でムッチリときつく彼の両頬を挟み付けてきた。

兎彦はもがく腰を抱え込み、濃い匂いに噎せ返りながら舌を挿し入れ、淡い酸味のヌメリを探り、膣口の襞を掻き回し、大きめのクリトリスまで味わいながらゆっくり舐め上げていった。

「あう、いい気持ち……！」

千絵がビクッと顔を仰け反らせて呻き、内腿に力を込めた。

チロチロと舌先で弾くようにクリトリスを舐めるたび、白い下腹がヒクヒクと波打ち、愛液の量が増してきた。

兎彦は味と匂いを堪能すると、さらに彼女の両脚を浮かせ、形良い尻に迫っていった。

谷間に閉じられているピンクの蕾は、レモンの先のようにやや肉を盛り上げ、何とも艶めかしい形状をしていた。

鼻を埋め込んで嗅ぐと秘めやかな微香が蒸れて籠もり、悩ましく鼻腔を刺激してきた。

彼は胸を満たしてから舌を這わせ、息づく襞を濡らしてからヌルッと潜り込ませ、滑らかな粘膜を探った。

「あう……、そんなところまで舐めてくれるの……」

千絵が呻き、キュッと肛門で舌先を締め付けてきた。

今までの二人の彼氏は、ここまで舐めない男だったのかも知れない。兎彦には信じられないが、世の中にはつまらない男もいるのだろう。

彼は舌を蠢かせ、内部の微妙に甘苦い粘膜を味わった。

すると千絵が枕元の引き出しから何かを取り出し、

「これをお尻に入れて……」

言いながら手渡してきた。

見ると、それは楕円形をしたローターではないか。全く千絵には、驚かされることばかりだ。どうやら彼と別れてから、様々なオナニー器具を揃えて自分を慰めていたのだろう。

兎彦も好奇心を突き動かされ、唾液に濡れた肛門にローターをあてがい、指の腹で押し込んでいった。

蕾が丸く押し広がり、襞が伸びきってピンと張り詰め、ローターはズブズブと潜り込んでいった。やがて完全に入って見えなくなると、あとは電池ボックスに繋がるコードが伸びているだけだ。

スイッチを入れると、中からブーン……と低くくぐもった振動音が聞こえて、

「アア……、い、入れて、前に……」

千絵が激しく身悶えて喘いだ。

「じゃ入れる前に、少し舐めて濡らして」

兎彦は言って移動し、彼女の鼻先に先端を突き付けた。

千絵もすぐに顔を上げてパクッと亀頭をくわえ、そのまま奥まで吸い込んで舌をからめてくれた。

「ああ……」

兎彦も快感に喘ぎ、美女の温かな口の中で舌に翻弄されながらヒクヒクと幹を震わせた。

千絵もたっぷり唾液を出してペニスを浸し、熱い息を彼の股間に籠もらせた。

兎彦は枕元のメガネを手にし、彼女に掛けさせた。やはり日頃見慣れている顔の方が良いし、千絵には知的なメガネが良く似合う。

やがて彼女がスポンと口を離し、待ちきれないように脚を開いた。

兎彦も彼女の股間に戻り、ペニスを進めて先端を濡れた割れ目に押し付けていった。

膣口にゆっくり挿入していくと、ヌルヌルッと滑らかに吸い込まれてゆき、尻に潜り込んでいるローターの振動が、間の肉を通してペニスの裏側にも伝わってきた。

しかもローターが入っているため、膣内の締まりも実にきつく心地よかった。

「アア、いいわ、すごく……！」

千絵が顔を仰け反らせて喘ぎ、彼を求めるように両手を伸ばしてきた。

兎彦も脚を伸ばして身を重ね、上からピッタリと唇を重ねていった。

「ンン……」

舌を潜り込ませると、千絵も熱く鼻を鳴らしてネットリとからませてきた。

滑らかに蠢く舌を味わい、生温かな唾液をすすると、千絵が待ちきれないようにズンズンと股間を突き上げはじめた。

合わせて彼も腰を突き動かすと、何とも心地よい肉襞の摩擦が幹を刺激した。

「ああ……、いい気持ち、すぐいきそう……」

千絵が口を離して喘ぎ、大量に溢れる愛液が律動を滑らかにさせ、ピチャクチャと淫らに湿った摩擦音を立てた。

彼女の口から洩れる息は、早希に似た甘酸っぱい果実臭だが、それに昼食の名残か淡いオニオン臭が混じり、艶めかしい刺激が鼻腔を掻き回してきた。

実に千絵は、清楚な顔立ち以外は全て意外なギャップ萌えの連続である。

兎彦も彼女の口に鼻を押し付け、濃厚な吐息を嗅ぎながら腰の動きを速めていった。

「い、いっちゃう……、アアーッ……！」

とうとう先に千絵が声を上ずらせ、ガクガクとオルガスムスの痙攣を開始してしまった。同時に膣内の収縮が最高潮になり、愛液も大洪水になって、続いて兎彦も昇り詰めた。

「く……！」

大きな快感に呻き、ありったけの熱いザーメンをドクンドクンと勢いよくほとばしらせると、

「あう、もっと……！」

噴出を感じた千絵が駄目押しの快感に呻き、さらに締め付けと収縮を激しくさせていった。

兎彦は心ゆくまで快感を噛み締め、最後の一滴まで出し尽くすと、満足しながら彼女に体重を預けていった。

そして彼が千絵の濃厚な吐息を嗅ぎながら余韻を味わうと、

「アア……」

彼女も満足げに声を洩らし、肌の強ばりを解いてグッタリと身を投げ出した。

まだローターだけが内部でブンブンと暴れ回り、兎彦も振動と収縮の刺激を受け、射精直後のペニスをヒクヒクと過敏に跳ね上げた。

「も、もうダメ……」

すると千絵も敏感になりすぎたように、嫌々をして腰をよじった。

やがて兎彦は呼吸も整わないうち、そろそろと股間を引き離していった。

ティッシュで手早くペニスを拭いながら彼女の股間を覗き込み、スイッチを切ってやった。

コードを握って切れないよう気をつけながら、ゆっくり引っ張り出すと、蕾が丸く押し広がり、奥からローターが出てきた。そして排泄するように、ツルッと抜け落ちると、ようやく彼女も落ち着いたように力を抜いた。

ローターには汚れも曇りもなく、一瞬開いて粘膜を覗かせた肛門も、徐々につぼまって元の形に戻っていった。

割れ目にティッシュを当てると、千絵が自分で拭きはじめたので、兎彦は再び添い寝した。

「すごかったわ……、今まで一番良かったかも……」

千絵が荒い息遣いを繰り返しながら言った。兎彦も、新鮮な経験の連続でしばらくは呼吸と動悸が治まらなかった。

「処女相手より、ずっと良かったでしょう？」

「うん、それより君がこういうタイプだったことに驚いているんだ」

「大人しくて控えめな子だと思っていた？」

千絵が言い、やはり人からどんな印象で見られるか分かっているようだ。

「実は私の中には、淫らな双子の姉、千香《ちか》がいるの」

「え……？」

千絵の言葉に、兎彦は驚いて思わず聞き返した。

「ずっと引っ込み思案だったけど、千香がどんどん私を積極的にしてくれたわ」

「そう、不思議だね……」

兎彦は、自分と似た千絵に、いっそう興味を抱いたのだった。

第三章　美熟女の隅から隅まで

1

「あ、僕は玉川兎彦と申しますが、サークルの文集が出来たので寄ったのですが早希ちゃんは」

兎彦は淫気を抱え、早希の家に行ったのだが、出てきたのは早希の母親、美保子《みほこ》だった。話では三十九歳、整った顔立ちでなかなかの美形、そして何より爆乳であった。

文集が出来たのは本当で、大学で探したが早希は帰ったあとだったのだ。

「まあ、それはわざわざ済みません。早希は、女子高時代の友だちと夕食するというので、帰りは遅くなると思います」

「そうですか。では置いていきますので」

兎彦がバッグから文集を出しながら言うと、

「どうかお上がりになって、お茶でもどうぞ。玉川さんのことは早希から伺っていますので」

美保子が言い、彼も誘われるまま上がり込んだ。

リビングのソファに招かれ、彼女はキッチンで紅茶を淹れてくれた。

「いつかは、からまれているところを助けてもらったって言ってましたが、その節は有難うございました」

「いいえ」

兎彦は答えながら、美保子もにこやかにしているので、どうやら早希が処女を失ったことにはまだ気づいていないようだと思った。

(それにしても……)

美人である。兎彦にとっては今のところ、二十八歳の明日香と、二十一歳の千絵が年上の女性だったが、四十を目前にした熟女というのも実に興奮をそそるものだった。

しかも早希の母親なのである。

胸ばかりでなく、スカートの尻も実に豊かで、肌は透けるように白かった。

やがて美保子が紅茶を二つ淹れ、向かいに腰を下ろした。

「早希は、玉川さんのお話をするときはとっても嬉しそうなんですよ」

「そうですか」

「玉川さんも、早希のことはお好き？」

「え、ええ、好きです。とっても可愛いし」

「じゃ他に彼女は？」

美保子が、いろいろ訊いてきた。

「実は、まだ誰とも付き合ったことがないんです」

兎彦は無垢を装って答えた。

実際、明日香で初体験したのはほんの数日前だし、未だに自分に女運が押し寄せていることが信じられない思いなのだ。

だから、まだ童貞気分の方が大きく、今もこんな美熟女に教わりたいという気持ちが強くなっていたのである。

「でも、もう年齢は……」

「ええ、二十歳です。二浪したので早希ちゃんと同級生ですが。それに絵と受験があったし、シャイなので彼女も出来ませんでした」

「まあ、じゃまだ何も知らないのね……？」

「はい、恥ずかしいですけど」

兎彦は答え、熱い紅茶をすすった。

「早希もまだ何も知らないだろうから、無垢同士ではあまり良くないわね」

「いえ、そんな。早希ちゃんは僕なんか選ばないと思いますし」

「そんなことないわ。でも、どちらにしろ知っておいた方が良いわね」

美保子の眼差しが熱っぽくなり、どうやら童貞を食いたい衝動に駆られはじめたのかも知れない。前に明日香が言ったように、兎彦は女心をそそって淫気を湧かす力があるのだろうか。

本来の兎彦の魅力がゼロでさえなければ、虎彦の力で二乗になっている。

「ええ、出来れば年上の女性にでも教わるのが良いのですけど……」

「私ではダメかしら？」

兎彦が言うと、美保子が大胆に望んできた。

「お、教えてくれるのなら、すごく嬉しいです……」

彼が激しく勃起しながら答えると、美保子は意を決して立ち上がった。

「来て」

言われて従うと、彼女は一階にある夫婦の寝室に招き入れてくれた。

ベッドが二つ並び、セミダブルは夫で、彼女はシングルのようだ。

「脱いで待っていてね。急いでシャワー浴びてくるから」

「あ、どうかそのままでお願いします……」

美保子が出ていこうとするので、兎彦は慌てて押しとどめた。

「まあ、そんなに待てないの？　お風呂はゆうべ入ったきりだし、さっきお買い物から戻ったばかりで汗をかいているから」

「女性のナマの匂いを知りたいというのが、長年の夢でしたので、どうか」

懇願すると、美保子も待ちきれない思いが強くなってきたように、とうとう諦めたように頷いてくれた。

「分かったわ。でも、始まったら止まらないわ。やっぱり洗ってこいなんて言っても無理よ」

「そんなこと言いません」

「じゃ、脱ぎましょう」

彼女も意を決してブラウスのボタンを外しはじめ、兎彦も手早く脱いで全裸になっていった。先にシングルベッドに横になると、やはり枕には美熟女の悩ましい匂いが沁み付いていた。

美保子も、もうためらいなく脱いでゆき、白い熟れ肌を露わにしていった。

室内に熱気が立ち籠め、兎彦も期待と興奮で痛いほどペニスがピンピンに突っ張っていた。

とうとう最後の一枚を脱ぎ去ると、美保子が向き直って素早く隣に滑り込んできた。

「いいわ、好きなようにしても……」

彼女が言うので、兎彦は甘えるように腕枕してもらい、目の前で息づく爆乳に迫った。

吸い寄せられるように乳首に吸い付き、舌で転がしながらもう片方の膨らみに手を這わせると、それはメロンほどもあって手のひらに余った。

「アア……」

美保子がすぐにも熱く喘ぎ、クネクネと身悶えはじめた。やはり夫も忙しい時期だし、二十年近くも一緒にいれば、そうそう夫婦生活もしなくなっているのだろう。

彼女が仰向けになって身を投げ出したので、兎彦ものしかかり、左右の乳首を交互に含んで舐め回した。

「ああ、いい気持ちよ……」

美保子が彼の髪を優しく撫でながら喘ぎ、甘ったるい匂いを揺らめかせた。

兎彦は両の乳首を味わい、顔中で膨らみの感触を堪能した。

そして彼女の腕を差し上げ、腋の下に鼻を埋め込んでいった。

そこは生ぬるくジットリ湿り、ミルクに似た甘ったるい汗の匂いが濃厚に籠もっていた。

「あう……、くすぐったいわ。汗臭いでしょう……」

「すごくいい匂い」

彼女が声を震わせて言うと、兎彦は答えて胸を満たし、スベスベの腋に舌を這い回らせた。

「あう、ダメ……」

美保子はじっとしていられないように身悶え、ヒクヒクと過敏に反応した。

するのが久々という以上に、初対面の童貞を相手にしていることで、相当に燃え上がっているようだ。

彼は腋から熟れ肌を舐め降り、弾力ある腹部に顔を押し付けて臍を舐めると、豊満な腰のラインからムッチリした太腿に降りていった。

丸い膝小僧を舐め回して軽く噛み、滑らかな脛をたどって足首へ行き、足裏に回り込んで舌を這わせた。

縮こまった指の間に鼻を押し付けて嗅ぐと、やはりそこは汗と脂に湿り、蒸れた匂いが濃厚に沁み付いていた。

兎彦は美熟女の足の匂いを貪り、爪先にしゃぶり付いて順々に指の股に舌を割り込ませて味わった。

「あう……、汚いわ、そんなこと……」

美保子がビクリと足を震わせて呻き、兎彦も足首を掴んで抑えつけながら、両足とも味と匂いを貪り尽くしてしまった。

そして股を開かせて脚の内側を舐め上げ、量感ある張り詰めた内腿をたどって股間に迫っていった。

ふっくらした丘には柔らかそうな恥毛が程よい範囲に茂り、肉づきが良く丸みを帯びた割れ目からは、ネットリと蜜を宿した花びらが縦長のハート型にはみ出していた。

指を当て、そっと陰唇を左右に広げると、かつて早希が生まれ出てきた膣口がヌメヌメと潤いながら妖しく息づいていた。

ポツンとした尿道口もはっきり見え、包皮の下からは小豆大《あずき》のクリトリスがツンと突き立ち、真珠色の光沢を放っていた。

さらに肛門の方まで覗き込むと、可憐な薄桃色の蕾がひっそり閉じられ、彼は艶めかしく熟れた眺めにゾクゾクと興奮を高めていった。

2

「アア、そんなに見ないで……」

美保子が、股間に兎彦の熱い視線と息を感じ、白い下腹をヒクヒク波打たせて喘いだ。

兎彦も堪らず、指を離して彼女の股間にギュッと顔を埋め込んでしまった。

柔らかな恥毛に鼻を擦りつけて嗅ぐと、隅々に籠もった生ぬるく蒸れた汗とオシッコの匂いが悩ましく鼻腔を刺激してきた。

「いい匂い」

「あう、言わないで……」

股間から言うと、美保子が羞恥に呻き、きつく内腿で顔を締め付けてきた。

兎彦は鼻腔を満たしながら舌を挿し入れ、淡い酸味のヌメリを掻き回し、膣口の襞からクリトリスまで舐め上げていった。

「アアッ……！」

美保子が熱く喘ぎ、ビクリと顔を仰け反らせた。

やはり何歳だろうと、クリトリスが最も感じるようだ。

彼はチロチロとクリトリスを舐め回しては、溢れてくる愛液をすすり、味と匂いを堪能した。

「こうして」

言って彼女の両脚を浮かせ、豊満な逆ハート型の尻に迫った。

谷間の可憐な蕾に鼻を埋めると、やはり蒸れた微香が籠もり、顔中に張りのある双丘が密着した。

充分に嗅いでから舌を這わせて襞を濡らし、ヌルッと潜り込ませて滑らかな粘膜を舐め回すと、

「あう、何してるの……」

美保子が驚いたように呻き、キュッときつく肛門で舌先を締め付けてきた。

兎彦が内部で執拗に舌を蠢かせると、鼻先の割れ目から新たな愛液が溢れた。

ようやく脚を下ろし、再び割れ目に舌を這わせて愛液をすすり、クリトリスに

吸い付くと、

「い、入れて、お願い……」

美保子がすっかり朦朧となりながらせがんできた。

まだおしゃぶりしてもらっていないが、どうせ続けて出来るだろうし、兎彦も早く一つになりたいので、すぐ身を起こして股間を進めた。

先端を濡れた割れ目に押し付け、ヌメリを与えるように擦りつけながら位置を定めた。

彼女も、やはりシャワーも浴びていない股間を舐められるより、早く挿入して欲しいというように息を詰めて身構えていた。

やがて兎彦は、張り詰めた亀頭をヌルリと膣口に押し込むと、あとは滑らかにヌルヌルッと根元まで吸い込まれていった。

「アアッ……！」

美保子が身を弓なりに反らせて喘ぎ、若いペニスを味わうようにキュッキュッと締め付けてきた。

兎彦も股間を密着させ、脚を伸ばして身を重ねていった。

すると胸の下で爆乳が心地よく押し潰れて弾み、美保子も両手でしがみついてきた。

彼も肉襞の摩擦と温もり、潤いと締め付けを感じながらジワジワと高まってきた。まだ動かずに味わい、上からピッタリと唇を重ねていくと、

「ンン……」

美保子も熱く鼻を鳴らし、ネットリと舌をからめてきた。

兎彦は、美女の生温かな唾液に濡れて滑らかに蠢く舌を味わいながら、徐々に腰を突き動かしはじめた。

「あう……、もっと強く、何度も奥まで突いて……！」

美保子が口を離して言い、下からもズンズンと股間を突き上げてきた。

彼女の喘ぐ口に鼻を押し付けて嗅ぐと、熱く湿り気ある息は白粉《おしろい》のような甘い刺激を含んで鼻腔を掻き回してきた。

これが美熟女の匂いなのだと思い、兎彦は次第に腰の動きを早め、互いの動きを一致させながらクチュクチュと淫らな摩擦音を響かせた。

するといきなり美保子が動きを止め、意外なことを言ってきたのである。

「ね、お尻に入れてみて……」

「え？　大丈夫かな……」

言われて、思わず彼も動きを止めて訊いた。

「前から、一度でいいからしてみたかったの……」

「じゃ、無理だったら言って下さいね」

兎彦も急に激しく興味を惹かれ、身を起こしていったん引き抜き、彼女の脚を浮かせた。

すると美保子も両手で脚を抱え、豊満な尻を突き出してきた。

見ると割れ目から伝い流れる愛液がピンクの肛門をヌメらせ、彼も濡れた先端を蕾に押し当てていった。

「いいですか」

「ええ、来て……」

訊くと美保子が口呼吸で括約筋を緩めながら答え、彼もグイッと強く押し込んでいった。

タイミングが良かったか、張り詰めた亀頭が一気に潜り込むと、あとは比較的滑らかにズブズブと根元まで入れることが出来た。

「く……」

美保子が脂汗を滲ませて呻き、兎彦も彼女の肉体に残った最後の処女の部分を味わった。さすがに入り口はきついが、中は案外広くてベタつきもなく、実に滑らかな感触だった。

「突いて……、中に出して……」

美保子が自ら爆乳を揉みしだき、指で乳首をつまみながらせがんだ。

さらに片方の手で空いている割れ目をいじり、愛液を付けた指の腹で激しくクリトリスを擦りはじめたのだ。

その淫らな仕草に彼も高まり、いつしかズンズンと腰を突き動かしていた。

深く入れるたび、豊満な尻が股間に当たって弾み、実に心地よかった。

「い、いきそう……」

たちまち兎彦は摩擦快感に高まり、美保子の処女の部分を味わいながら幹を震わせた。

「いいわ、来て……」

「いく……、アアッ……！」

美保子が言って収縮を高めるなり、彼も昇り詰めて喘いだ。

同時に、熱い大量のザーメンがドクンドクンと勢いよく中にほとばしった。

「あう、熱いわ、出ているのね、もっと……」

美保子が噴出を感じながら言い、激しくクリトリスを擦りながら続いてオルガスムスに達してしまった。

「き、気持ちいいわ、アアーッ……！」

彼女が喘ぎ、狂おしくガクガクと痙攣した。

もちろんアナルセックスの新鮮な感覚もあるだろうが、大部分はクリトリスオナニーによる絶頂だろう。

中に放たれたザーメンにより、さらに動きがヌラヌラと滑らかになった。

兎彦は初めての快感を噛み締め、心置きなく最後の一滴まで出し尽くしていった。そして満足しながら動きを弱めると、

「ああ……」

美保子も念願の初体験を終え、満足げに声を洩らして受け肌の硬直を解いていった。

するとザーメンにまみれたペニスが、力を入れていないのに押し出されて、ツルッと抜け落ちた。何やら美女の排泄物になったような気持ちで、肛門は見る見るつぼまって元の可憐な形状に戻っていった。

「早く洗った方がいいわ……」

すると美保子が余韻を味わう間もなく言い、身を起こしてきた。

兎彦もベッドを降り、一緒に寝室を出てバスルームに入っていった。

美保子は、このバスルームで彼と早希がオシッコプレイをしたなど夢にも思っていないだろう。

彼女がシャワーの湯を出し、ボディソープを付けて甲斐甲斐しくペニスを洗ってくれた。そしてシャワーの湯でシャボンを洗い流すと、

「オシッコしなさい。中も洗い流した方がいいわ」

美保子が言い、彼も回復しそうになるのを堪えながら懸命に尿意を高め、ようやくチョロチョロと放尿した。

そして出しきると、彼女がまた湯で洗い流し、最後に屈み込むと消毒するようにチロリと尿道口を舐めてくれた。

その刺激に、とうとうペニスはムクムクと回復し、完全に元の硬さと大きさを取り戻してしまった。

「まあ、すぐこんなに……」

美保子が頼もしげに言い、彼女も正規の場所でもう一回望んでいるようだ。

そして彼女は、自分の身体を洗い流した。

兎彦は床に座り、例によって彼女を目の前に立たせた。

「どうするの……」

「ここに足を乗せて、オシッコしてみて。僕もするところ見てみたいので」

美保子の片方の足を浮かせてバスタブのふちに乗せて言い、彼は開かれた股間にまた顔を埋め込んでいった。

3

「そ、そんなこと無理よ……、アア……」

舐められて美保子が喘ぎ、ガクガクと膝を震わせた。

やはり恥毛に籠もっていた濃厚な匂いは薄れてしまったが、それでも舐めると新たな愛液が溢れ、舌の動きが滑らかになった。

「あう、本当に出ちゃう……」

美保子が呻き、急激に尿意が高まったように柔肉を蠢かせ、熱い流れがチョロッと漏れてきた。

「ダメ、離れて……」

彼女は声を上ずらせて言ったが、いったん放たれた流れは止めようもなく、チョロチョロと勢いを増して兎彦の口に注がれてきた。

味と匂いは実に控えめで淡く、美少女の早希とそれほど変わりなかった。

兎彦は喉に流し込み、溢れた分を身体に浴びながら、完全に勃起したペニスを温かく濡らされて高まった。

間もなく流れが治まると、彼は残り香を味わいながら余りの雫をすすり、割れ目内部を下で掻き回すと、すぐに淡い酸味のヌメリが満ちていった。

「も、もうダメ……」

美保子がか細く言って足を下ろすと、すぐに座り込んできた。

兎彦は抱き留め、もう一度互いの全身を洗い流し、支えながら立たせて身体を拭いた。

母娘と、同じ場所で同じ行為をしたから、何やら混乱しそうだった。

しかし戻る場所は二階ではなく、階下にある夫婦の寝室である。

もちろん美保子も、まだまだ淫気をくすぶらせ、勃起したペニスを見てすっかりその気になっていた。

しかも、さっきは初体験のアナルセックスだから、今度は正規の場所で果てたいのだろう。

兎彦が仰向けになって身を投げ出し、勃起したペニスを突き出すと、美保子もすぐに屈み込み、熱い息を股間に籠もらせて亀頭にしゃぶり付いてきた。

執拗に先端を舐め回すと、モグモグとたぐるように喉の奥まで呑み込み、幹を口で丸く締め付けて吸い付き、口の中ではクチュクチュと満遍なく舌がからみついた。

「ああ、気持ちいい……」

彼が幹を震わせて喘ぐと、美保子も口に受け止める気はないようで、すぐにスポンと口を離し、陰嚢を舐め回してくれた。

睾丸を転がして袋を生温かな唾液にまみれさせると、さらに彼の両脚を浮かせて尻の谷間も舐めてくれた。

チロチロと肛門に舌が這い、やがて自分がされたように、美保子はヌルッと潜り込ませてきた。

「あう……」

兎彦は妖しい快感に呻き、美熟女の舌先を肛門で締め付けた。

美保子も熱い鼻息で陰嚢をくすぐりながら、内部で舌を蠢かせると、内側から刺激されたペニスがヒクヒクと上下した。

ようやく脚を下ろし、舌を引き離すと彼女は顔を上げた。

「入れたいわ。今度は前に」

「ええ、跨いで上から入れて下さい」

「私が上……」

美保子は言い、身を起こしながらぎこちなく前進してきた。女上位は、あまりしたことがないのだろう。

やがて彼の股間に跨がり、先端に濡れた割れ目を当てると、位置を定めてゆっくり腰を沈み込ませていった。たちまち屹立《きつりつ》したペニスが、ヌルヌルッと滑らかに根元まで呑み込まれた。

「ああッ……！」

完全に座り込むと、美保子がビクリと顔を仰け反らせて喘ぎ、密着した股間をグリグリと擦り付けた。そして若いペニスをキュッキュッと締め付けて味わい、身を重ねてきた。

兎彦も肉襞の摩擦と温もりを味わい、両手を回してしがみついた。

胸に爆乳が密着して心地よく弾み、柔らかな恥毛が擦れ合い、コリコリする恥骨の膨らみも伝わってきた。

兎彦は僅かに両膝を立てて豊満な尻を支え、下から唇を重ねて舌をからめながら、ズンズンと股間を突き上げはじめた。

「ンンッ……」

美保子が熱く呻き、合わせて腰を遣うと、たちまち二人の動きがリズミカルに一致し、クチュクチュと淫らに湿った摩擦音が聞こえてきた。

大量に溢れる愛液が動きを滑らかにさせ、伝い流れた分が彼の肛門の方まで濡らしてシーツに沁み込んでいった。

いったん動くと快感で腰が止まらなくなり、やはりアナルセックスより膣内の方がペニスも悦《よろこ》んでいるようである。

「アア、いきそう……」

美保子が唾液の糸を引いて口を離し、熱く喘いで収縮を活発にさせた。

兎彦は喘ぐ口に鼻を押し込んで、熱く湿り気ある白粉臭の吐息を胸いっぱいに嗅いで高まった。

「ああ、なんていい匂い……」

「ダメよ、恥ずかしい……」

嗅ぎながら言うと、美保子が羞恥に声を震わせて答えた。

「鼻をしゃぶって……」

言うと、彼女も快感に任せて舌を這わせ、兎彦の鼻の穴を舐め回してくれた。

息の匂いに唾液の香りも混じり、悩ましく鼻腔が刺激された。

「唾を垂らして。いっぱい飲みたい……」

さらにせがむと、美保子も喘ぎ続けて渇いた口に懸命に唾液を分泌させ、形良い唇をすぼめて迫るなり、白っぽく小泡の多い粘液をグジューッと吐き出してくれた。

舌に受けて味わい、うっとりと喉を潤して酔いしれながら彼は突き上げを強めていった。

「い、いきそう……」

「いいわ、中にいっぱい出して……」

絶頂を迫らせて言うと、美保子も息を弾ませて答えた。アナルセックスの初体験も新鮮だったようだが、やはり正規の場所の方が良いらしく、今にも昇り詰めそうになっていた。

「顔中も舐めてヌルヌルにして……」

言うと美保子も、股間を擦り付けながら彼の顔中に舌を這わせてくれた。

それは舐めると言うより、吐き出した唾液を舌で塗り付けるようで、たちまち兎彦の顔中は美熟女の生温かな唾液にヌラヌラとまみれた。

「い、いく……！」

彼は唾液と吐息の匂い、肉襞の締め付けと摩擦に口走り、とうとう昇り詰めてしまった。

大きな絶頂の快感とともに、ありったけの熱いザーメンがドクンドクンと勢いよくほとばしり、柔肉の奥深い部分を直撃すると、

「い、いっちゃう……、アアーッ……！」

噴出を感じた美保子も口走り、ガクガクと狂おしいオルガスムスの痙攣を開始したのだった。

膣内の収縮と締まりも最高潮になり、兎彦は激しく股間を突き上げながら快感を噛み締め、心置きなく最後の一滴まで出し尽くしていった。

満足しながら動きを弱めていくと、

「ああ……、こんなに感じたの初めて……」

美保子も声を洩らしながら、徐々に熟れ肌の硬直を解いて、グッタリともたれ

かかってきた。

まだ膣内は名残惜しげな収縮が繰り返され、刺激された幹が過敏にヒクヒクと内部で跳ね上がった。

「あう……」

美保子も敏感になっているように呻き、キュッときつく締め上げてきた。

兎彦は美熟女の重みと温もりを受け止め、熱く甘い刺激の吐息を間近に嗅ぎながら、うっとりと快感の余韻を味わった。

(とうとう、母と娘の両方としちゃった……)

彼は思い、重なったまま呼吸を整えた。

「もし、玉川さんが早希と結婚したら、私はママになるのね……」

「うわ、そんなこと考えていたんですか……」

美保子が熱い息遣いで囁くと、兎彦は驚いたように答えた。

すると何やら近親相姦でもしているような禁断の思いに包まれ、満足げに萎えているペニスがまたムクムクと妖しくなってきたのだ。

「あう、もう堪忍して……、動けなくなるから……」

美保子が回復を感じて呻き、身を起こしてそろそろと股間を引き離した。

そしてティッシュで自分の割れ目を拭きながら屈み込み、愛液とザーメンに濡れたペニスにしゃぶり付き、丁寧に舌で綺麗にしてくれた。

「く……、どうか、もう……」

兎彦は腰をくねらせて呻きながら、懸命に回復を抑えたのだった。

4

「空手部の主将が謝りに来たわ。根本と前川は謹慎させたって」

翌日、研究室で明日香が兎彦に言った。

「そうですか。主将はちゃんとした人なんですね」

彼は答え、他に誰もいないので、思い切ってあのことを話すことにした。

「実は、ここだけの話ですが、僕の中に虎彦がいるように、麻生千絵さんの中にも、千香という淫らなもう一人がいるようなんです」

「え……？　千絵は真面目で大人しい四年生でしょう……？」

明日香も驚いたように言った。

「ええ、見かけだけは僕と同じ目立たないタイプだけど、どうも、そういうタイプが別人格の影響で急に成長するのかも」

「したのね、千絵と」

するとと明日香が迫り、怖い眼で迫ってきた。

「うわ、別に、そんな……」

「悔しい……、烏と兎で運命の相手と思っているのに」

明日香が言い、彼の頬を両手で挟むと、激しい勢いで唇を重ねてきた。

「う……」

兎彦は唐突な快感に呻き、ようやく状況を把握すると急激にムクムクと勃起してきた。

どうやら明日香は、彼より九歳も年上だが、言いようのない独占欲と嫉妬に包まれているようだった。この上、早希とその母親とまでしていたなどと知ったら明日香はどう思うだろうか。

荒々しく舌が潜り込み、ネットリとからめながら強く吸い付いた。実に、ガツガツと貪るような激しいキスである。

さらに彼の勃起を知ると、明日香はズボンの上から激しく擦ってきた。

吐息は火のように熱く、花粉臭が濃厚に彼の鼻腔を刺激してきた。

「アア、もう我慢できないわ。脱いで……」

昼を離すと明日香が言い、研究室の奥の部屋に彼を招くと自ら裾をめくり、下着とパンストを脱ぎ去ってしまった。

研究室の奥は、お茶を入れるコーナーと小さな応接セットがあり、しかも研究室に誰か入ってくる物音がすれば、何とか取り繕う時間も充分に稼げそうな場所であった。

兎彦も興奮を高めながらズボンと下着を下ろしていると、明日香はタイトスカートを完全にめくり上げてテーブルに座り、大胆にM字開脚になりながら彼の顔を股間に引き寄せた。

兎彦も、ズボンを膝まで下ろした状態でソファに腰掛けて屈み込み、彼女の股間に顔を埋め込んだ。

「ああ、舐めて、いっぱい……」

明日香は、彼の顔をグイグイと両手で股間に押さえつけながら言った。

兎彦も柔らかな茂みに鼻を擦りつけ、濃厚に籠もって蒸れた汗とオシッコの匂いに噎せ返りながら、夢中で舌を這わせた。

柔肉は淡い酸味のヌメリに潤いはじめ、突き立ったクリトリスを舐めるたび、

「アアッ……！」

明日香が熱く喘いで、ビクリと内腿を震わせた。

彼女が悶えはじめて受け身になると、ようやく兎彦も落ち着いて味わい、溢れる愛液をすすった。

「噛んで……」

明日香がいつしかテーブルに仰向けになり、彼の顔を内腿で挟み付けながらいい、なおも両手で彼の顔をグイグイと股間に押し付けた。

激しい高まりの中では、微妙なタッチよりも痛いぐらいの刺激の方を求めるものなのだろう。

兎彦も上の歯で包皮を剥き、完全に露出したクリトリスを軽く前歯で挟み、コリコリと刺激しながら舌を這わせ、強く吸い付いた。

「ああ、いい……！」

明日香がいつしか愛液を大洪水にさせて喘ぐと、彼は脚を浮かせて尻の谷間にも鼻を埋めて匂いを貪り、舌を這わせてヌルッと肛門に挿し入れて滑らかな粘膜を探った。

「あう、そんなところはいいから……」

明日香が呻いて言い、すぐにも身を起こしてテーブルを降りてきた。

そして床に膝を突くと、ソファに掛けた兎彦の股間に顔を埋め、亀頭にしゃぶり付いて、痛いほど吸い付いてきた。

「アア……」

彼も股間に熱い息を受けて喘ぎ、美女の口の中で舌に翻弄され、生温かな唾液にまみれながら最大限に膨張していった。

やがて明日香は充分にペニスを唾液にまみれさせると、身を起こして跨がってきた。

兎彦も浅く腰掛けてペニスを突き出すと、彼女は先端に割れ目を押し当てゆっくりと膣口に受け入れながら股間を密着させていった。

たちまち、彼自身はヌルヌルッと滑らかに根元まで嵌《は》まり込み、

「ああ……、奥まで当たるわ……」

明日香もうっとりと目を閉じて喘ぎ、正面から両手でしがみついてきた。

兎彦も熱く濡れた肉壷の締め付けに高まりながら抱きつき、ブラウスの胸元や腋の下に鼻を埋め、生ぬるく甘ったるい体臭を貪った。

さすがに学内だから、全裸になるわけにいかないが、互いに上半身が着衣なの

に、肝心な部分だけ結合しているというのも実に淫らだった。

すぐにも明日香は股間を上下させ、クチュクチュと強烈なピストン運動を開始した。

「アア……、いい気持ち……、お願い、他の女を抱くなとは言わないから、全部話して。何でもしてあげるから……」

明日香が近々と顔を寄せ、熱く甘い息で喘ぎながら囁いた。

「え、ええ……、千絵さんとは何となくそうなっただけです……」

兎彦も、まだ千絵のことしか話さず、それより何でもしてくれるという方が興奮をそそった。

何といっても明日香は彼にとって、本当に初めての女性だから思い入れは別格なのである。まして初体験の時は舞い上がって手探り状態だったから、まだまだして欲しいことや味わいたいことは山ほどあるのだ。

「噛んで……」

頬を当てて言うと、明日香も綺麗な歯並びを軽く食い込ませてくれた。さすがに痕《あと》になるほど力は込めず、咀嚼《そしゃく》するようにモグモグと動かした。

「ああ、気持ちいい……」

彼は美女に食べられているような感覚で喘ぎ、反対側の頬も噛んでもらった。

その間も明日香の腰の動きは続き、スクワットするように脚をM字にしたまま股間を上下させ、兎彦もズンズンと合わせて突き上げた。

大量の愛液が動きを滑らかにさせ、ピチャクチャと淫らな音が響いて互いの股間がビショビショになった。

学内ということで気が急き、明日香も急激に高まっているのだろう。

「しゃぶって……」

言いながら彼女のかぐわしい口に鼻を押し込むと、明日香も舌を這わせて唾液にまみれさせてくれた。

兎彦は美女の口の匂いに高まり、鼻腔を刺激されながら肉襞の摩擦の中、あっという間に昇り詰めてしまった。

「い、いく……！」

突き上がる絶頂の快感に口走り、彼は勢いよく大量のザーメンをドクンドクンとほとばしらせた。

「あう、感じる……！」

噴出を受け止めた途端、彼女もオルガスムスのスイッチが入ったように呻き、ガクガクと狂おしい痙攣を繰り返した。

高まる収縮の中で、彼は心ゆくまで快感を噛み締め、最後の一滴まで出し尽くしていった。まさか学内でするとは思わず、些《いささ》か性急ではあったが快感は充分すぎるほどあった。

突き上げを弱めていくと、いつしか彼女もつかれたように脚のM字を解き、両膝を左右に突いてグッタリと彼にもたれかかってきた。

まだ膣内は、中のザーメンを吸い取ろうとするかのようにキュッキュッときつい収縮を繰り返し、刺激されたペニスがヒクヒクと過敏に跳ね上がった。

「アア……、良かったわ……」

明日香も満足げに声を洩らし、兎彦は彼女の熱く甘い吐息を嗅ぎながら、うっとりと快感の余韻を噛み締めた。

やがて呼吸も整わないうち、明日香はそろそろと股間を引き離し、スカートを汚さないように手早くティッシュを割れ目に当てた。やはり激情が過ぎ去ると、学内なので急いで処理したいようだった。

兎彦もティッシュでペニスを拭き、手早く身繕いをした。

「ティッシュはトイレに流した方がいいわね……」

明日香も下着とパンストを整えながら言った。やはり研究室内のクズ籠だと、ザーメンの匂いを気づかれるのかも知れない。

洗面所の鏡を見て確認したが、別に彼の頬に口紅などは付着していなかった。

そして情事の痕跡がないか見回してから奥の部屋を出ると、兎彦は先に研究室を出ていったのだった。

5

「おう、ちょっと付き合えや」

兎彦が学校を出ようとしたところで、彼は二人の男に声を掛けられた。

空手部の根本と前川で、謹慎中らしいが運動部なので律儀に黒の学生服を着ていた。

「ああ、せっかく気分が良かったのにな、迷惑なことだ」

「何だ、その言い方は。一年生の分際で」

「二浪してるんだから、三年生のあんたらと同い年だ」

兎彦は苦笑して答えながらも、誘われるまま従い、学内でも人けのない校舎の裏手へと行った。

「あの時は舐めてかかって油断していた。もう一回戦え」

前川が睨み付けながら言った。

「舐めてかかること自体、武道修行者としては失格だろうに。それに僕はまだ自分の力のコントロールが出来ないから、本気で殴ると死ぬよ」

「面白え、やってみろよ」

前川が言い、いきなり正拳を叩き込んできた。

兎彦は軽く躱し、その手首を掴んで捻った。

「うわ……！」

前川は声を上げ、見事に一回転すると激しく土に叩きつけられ、また白目を剥いて気絶してしまった。

「学習能力がないな。まだやるか。といっても、こいつを担いで帰ってもらわないとならないから、これでどうかな」

兎彦は、呆然としている根本に言い、傍らにあったコンクリートブロックに屈み込み、斜めに立てると手刀を叩き込んだ。

「う……」

ブロックが真っ二つになると、根本は呻いて立ちすくんだ。

「さあ、もういいだろう。二度と僕に話しかけないでくれ。返事は！」

「は、はい……」

思い切り睨んで怒鳴ると、根本も反射的に直立不動で返事をした。

「分かったら、こいつを担いで帰れ」

言うと根本は、昏倒している前川を抱き起こし、肩を貸しながら素直に立ち去っていった。それを見送り、兎彦が反対側へ向かおうとすると、そこに一人の柔道着の女子が立っていた。

「見ていたわ。今だけじゃなく、護身サークルの時も」

彼女が言う。自主トレしていたらしく汗ばんでいるが、きりりとしたなかなかの美形である。

「私は元主将で四年の大場沙弥香《おおばさやか》。もし時間があったら付き合って」

四年と言うから、もう主将は引退したようだ。そして護身サークルの時から兎彦が気になり、今日も自主トレの途中で見かけたので、そっとあとをつけてきたのだろう。

兎彦も興味を持ち、頷いて従った。

沙弥香は、彼を柔道場に連れて行った。護身サークルで借りている場所で、他には誰もいなかった。

「女子柔道部は試合に出向いているから、誰もいないわ」

「それで、僕にどうしろと?」

「柔道で戦ってみたいの。来て」

沙弥香が言い、奥にある更衣室に彼を招いた。中は女子たちの濃厚な汗の匂いが籠えたように濃厚に籠もり、彼の股間に響いてきた。

「どれでも着て。汗で湿っているけど我慢して」

沙弥香が吊された道着を指して言い、自分は更衣室を出ていった。

兎彦も好奇心を抱いて全裸になり、勃起しながら女子のズボンを穿き、柔道着を着て白帯を締めた。

まるで汗ばんだ女子に抱かれたように、甘ったるい匂いが彼を包み込んだ。

道場に出ると沙弥香が待っていて、やや緊張に頬を強ばらせていた。

「柔道の経験は?」

「高校時代に体育で少し」

「じゃ受け身は出来るわね。乱取りをお願い」

「でも、簡単に勝負がついてしまうと、あなたの自信を失わせてしまうよ」

「そんな心配は要らないわ。もう私は試合に出ないし、来年からはコーチとして残るだけだから」

「そう、でもただで戦うのは嫌だから、僕が勝ったらあなたを抱かせて」

彼が言うと、沙弥香は濃い眉を吊り上げ、本気で闘志を湧かせたようだった。

「いいわ。私が負ければ何をしても」

兎彦も答え、礼を交わして間合いを狭めていった。

さすがに元主将ともなると、沙弥香は慎重で、前川などのように無謀にかかってくることはしなかった。

柔道は、最初は得意技が出せるように、自分に合った組み手の争いがある。

しかし兎彦は簡単に彼女の襟と袖を掴んでしまった。

「く……」

沙弥香は振りほどこうとしたが、何しろ握力が九百だから、一度掴めば決して離れなかった。

仕方なく彼女も懸命に襟と袖を掴み、互いに右自然体に組んだ。

本来の柔道は、柔よく剛を制すと言い、小さなものが大きな相手を投げるというテコの原理を使った技の武道であるが、現代のスポーツ柔道は外人も多いことだから力がものをいう。

　沙弥香もバランスよく足さばきをしながら、彼の袖を力強く引いて自分の得意な体勢に持っていこうとした。

　しかし力では兎彦の敵ではない。彼は沙弥香の右袖を引きながら、高校時代に教わった足払いを繰り出していた。

　力があるので、タイミングも何もなく、沙弥香はパシッと見事に足を払われて宙に待った。

「く……」

　彼女は呻き、一回転して激しい受け身の音を立てた。

　試合ではなく乱取りなので、別に大きく受け身を取ったからといって一本勝ちの終わりではない。それより沙弥香は、本能的に身を守るため無意識に激しい受け身を取ったようだ。

「も、もう一本……」

　手を離すと、沙弥香は素早く立ち上がって言って身構えた。

　今度は腰を引いた自護体《じごたい》である。

またもや兎彦が簡単に襟と袖を掴んでしまうと、沙弥香は夢中で組み付きながら捨て身の内股を繰り出してきた。

しかし兎彦は見様見真似で、左膝を突きながら彼女を捻り投げていた。技のないぶん力で補うと、ちょうど浮き落としという玄妙《げんみょう》な技となり、再び沙弥香は大きく弧を描いて畳に叩きつけられ、懸命に受け身を取っていた。

さすがに沙弥香は元主将だけあり、倒れながらも彼を巻き込み、あっという間に上になって袈裟固《けさがた》めを掛けてきた。

甘ったるい汗の匂いが彼を包み込み、熱い吐息が鼻腔を刺激してきた。

沙弥香の息は濃厚な果実臭に、ほのかなシナモン臭が混じっていた。

稽古や試合の時は年中ケアしているだろうが、今日は一人きりの自主トレだから、これが彼女本来の匂いなのだろう。

さらに沙弥香がのしかかって顔を寄せると、彼女の鼻の頭からポタリと汗が一滴垂れて彼の顔を濡らした。

兎彦は勃起しながら両足を曲げ、彼女を抱いたままスックと立ち上がったのである。

「そ、そんな、信じられない……」

沙弥香が息を呑んで言い、横抱きにされたまま、もう抵抗しなかった。

幸い、誰からも見られていないようだった。

「もういいでしょう」

「参ったわ。何をしても勝てる気がしない……」

兎彦が言うと、沙弥香も素直に頷いた。彼は沙弥香を抱いたまま、更衣室へと入っていった。

沙弥香を下ろしてやり、内側からドアをロックすると、彼女は敷かれた畳に座り込んだ。更衣室内も、休憩や仮眠のため二畳だけ畳が敷かれていたのだ。

「じゃ、約束なので脱いで」

「先にシャワーを浴びさせて……」

「それはダメ。ナマの濃い匂いが好きだから」

「だって、ゆうべ入浴したきりで、今日は朝から動き回っていたのよ」

彼が言うと、沙弥香は急に女らしい羞恥を見せて声を震わせた。すでに闘志は完全に消え去り、覚悟を決めたように全身から力が抜けていた。

「とにかく脱いで。彼氏は？」

「いるけど、彼は留学中で半年会っていないわ」

訊くと沙弥香は答え、諦めて帯を解きはじめた。

兎彦も白帯を解いて道着を元の位置に吊し、ズボンを脱いで全裸になった。

すると沙弥香も柔道着を脱ぎ、下に着ていたTシャツと下着まで脱ぎ去り、畳に身を投げ出していったのだった。

第四章　二人に挟まれて大興奮

1

「ああ……、知らないわよ、汗臭くても……」

全裸で身を投げ出している沙弥香に兎彦が迫ると、彼女が汗ばんだ肌を息づかせて言った。

さすがに肩や二の腕は逞しく、腹部も腹筋が浮かび、太腿も筋肉が発達していたが、すでに現役を引退しているのでムダ毛のケアもされているようだ。

兎彦は、まず彼女の足裏に迫り、太くしっかりした指の間に鼻を割り込ませて嗅いだ。

「あう、そんなところを……」

沙弥香は驚いて呻き、ビクリと足を震わせたが、すでに負けて言いなりになる立場をわきまえたようにじっとしていた。

指の間は生ぬるい汗と脂にジットリ湿り、今まで体験した中で一番濃厚な匂いが蒸れて沁み付いていた。

まるで男子運動部の下駄箱の匂いのようだが、もちろん美女のものと思うと刺激が彼の股間に悩ましく響いてきた。

兎彦は鼻を擦りつけて濃い匂いを貪り、爪先にしゃぶり付いて指の股に舌を挿し入れて味わった。

「く……、ダメ……」

沙弥香が息を詰め、指を縮めて悶えた。

兎彦は両足とも味と匂いを堪能し、彼女を大股開きにさせて腹這い、脚の内側を舐め上げていった。

張り詰めて硬い内腿を舐め上げ、熱気の籠もる股間に迫ると、悩ましい匂いが湿り気を含んで顔中を包み込んだ。

恥毛は手入れしているのか狭い範囲に煙っているだけで、割れ目からはみ出す陰唇が、綺麗なピンク色をして微かな湿り気を帯びていた。

指を当てて左右に広げると、襞の入り組む膣口が息づき、尿道口も見え、包皮の下から突き立つ大きなクリトリスも光沢を放っていた。

「な、舐めるの……？　早く入れて済ませて……」

沙弥香が息を震わせ、下腹をヒクヒク波打たせながら言った。

「すぐ入れるなんて、そんな勿体ないことはしないよ」

兎彦は答え、彼女の割れ目に鼻と口を押し付けていった。

「く……！」

沙弥香が呻き、反射的にキュッときつく内腿で彼の両頬を挟み付けてきた。

兎彦は柔らかな茂みに鼻を擦りつけ、蒸れて籠もった汗とオシッコの匂いで鼻腔を満たし、舌を這わせていった。

陰唇の内側に挿し入れ、舌先で膣口の襞を探ると、まだ愛液の味わいはなく、汗か残尿か判然としない味覚が感じられた。

柔肉をたどって大きめのクリトリスまで舐め上げていくと、

「アアッ……！」

じっと息を詰めて堪えていた沙弥香も、とうとう熱い喘ぎを洩らして顔を仰け反らせ、内腿に力を込めて硬直した。

そのままチロチロと舌先で弾くように刺激し、チュッと吸い付くと徐々に淡い酸味のヌメリが溢れてきた。

味と匂いを堪能してから、さらに沙弥香の両脚を浮かせて尻の谷間に迫り、可憐な蕾に鼻を埋めると、やはり蒸れた汗の匂いが籠もっていた。

匂いを貪ってから尻を舐め回し、ヌルッと潜り込ませて双丘に顔中を密着させると、

「あう、ダメ……」

沙弥香が驚いたように呻き、キュッときつく肛門で舌先を締め付けてきた。

どうも男子たちは、女性の足指や肛門を舐めないようなつまらない男ばかりのようだった。

兎彦は、うっすらと甘苦い滑らかな粘膜を舐め回し、再び脚を下ろしてすっかり愛液の溢れた割れ目を探ってクリトリスに吸い付いた。

「も、もうダメ、いきそう……」

沙弥香が嫌々をして声を上ずらせ、兎彦も身を起こして前進した。

やはり挿入の前には、少しだけでもしゃぶってもらいたい。

胸に跨がり、急角度に反り返った幹に指を添えて下向きにさせ、先端を鼻先に突き付けると、

「ンン……」

沙弥香も顔を上げ、彼の股間に熱い息を籠もらせながら、すぐにも亀頭にしゃ

ぶり付いてくれた。

そのまま前に手を突いて深々と押し込むと、彼女もたっぷりと唾液を溢れさせて吸い付き、ネットリと舌をからませてくれた。

彼もジワジワと高まり、やがてペニスを引き抜くと、再び沙弥香の股間に戻った。そして正常位で股間を進め、先端を濡れた割れ目に押し当て、ゆっくりと挿入していった。

ペニスは肉襞の摩擦と温もりを受けながら、ヌルヌルッと滑らかに根元まで吸い込まれた。

「アアッ……！」

沙弥香が顔を仰け反らせて熱く喘ぎ、キュッときつく締め付けてきた。

兎彦は股間を密着させて感触を味わい、脚を伸ばして身を重ねていった。

まだ動かず、張りのある乳房に顔を埋め、チュッと乳首に吸い付いて舌で転がした。

そして軽く歯を立てると、

「く……！」

沙弥香が呻き、下から激しい勢いでしがみついてきた。

兎彦は左右の乳首を交互に含んで舐め回し、歯の刺激も続けてから、濃厚な匂いの籠もる腋の下にも鼻を埋め込んでいった。

スベスベの腋はジットリと生ぬるく湿り、何とも甘ったるい濃厚な汗の匂いが籠もっていた。

「いい匂い」

「あう、ダメ……」

嗅ぎながら言うと、沙弥香は朦朧となりながら呻き、キュッと膣内を締め付けた。そして待ちきれないようにズンズンと股間を突き上げてきたので、兎彦も合わせて腰を遣いはじめた。

充分に腋を嗅いでから汗ばんだ首筋を舐め上げてゆき、上からピッタリと唇を重ねると、

「ンン……」

沙弥香が熱く呻き、ネットリと舌をからませてきた。

溢れる愛液に動きが滑らかになり、たちまちクチュクチュと淫らに湿った摩擦音が響きはじめた。

「アア……、いい……！」

沙弥香が口を離し、顔を仰け反らせて喘いだ。

兎彦は彼女の口に鼻を押し込み、果実臭とシナモン臭の混じった吐息で鼻腔を刺激され、ゾクゾクと高まっていった。

今までの自分だったら、とても運動部主将の女性などとは微塵も縁が持てなかったことだろう。

それが今こうして一つになり、快感を分かち合っているのだ。

それに彼女も頑丈に出来ているだろうから、兎彦はズンズンと激しく股間をぶつけ、遠慮なく体重を掛けた。

すると沙弥香も収縮して応え、まるでブリッジするように彼を乗せたまま何度も身を反り返らせた。

兎彦は暴れ馬にしがみつく思いで、抜けないよう必死に股間を押しつけながら快感を味わった。

「い、いきそう……！」

沙弥香が口走ると同時に膣内の収縮がキュッキュッと活発になり、たちまち兎彦の方が先に昇り詰めてしまった。

ついさっき、同じ学内で明日香としたばかりなのに、快感もザーメンの量も絶大だった。

「く……！」

突き上がる快感に呻きながら、ありったけの熱いザーメンをドクンドクンと勢いよく注入すると、

「いく……、アアーッ……！」

噴出を感じた途端に、沙弥香もオルガスムスのスイッチが入ったように声を上げ、ガクガクと狂おしい痙攣を開始した。

兎彦は身悶える彼女を抑えつけるように股間をぶつけ、締め付けと摩擦快感を味わいながら心置きなく最後の一滴まで出し尽くしていった。

「ああ、すごい……」

沙弥香は喘ぎ、何度も絶頂の波が押し寄せているように腰を跳ね上げた。

やがて彼は満足しながら徐々に動きを弱め、沙弥香にもたれかかっていった。

彼女も声を洩らして硬直を解き、いつしかグッタリと身を投げ出していった。

「アア……」

まだ収縮する膣内に刺激され、ペニスがヒクヒクと過敏に震えた。

そして兎彦は、彼女の喘ぐ口に鼻を押し付け、熱く悩ましい匂いの吐息を胸いっ

ぱいに嗅ぎながら、うっとりと快感の余韻を味わったのだった。

「何だか、力がもらえそう……」

沙弥香が息も絶えだえになって言い、熱っぽい眼差しで彼を見上げた。

兎彦も重なったまま呼吸を整え、もうこれから出会う女性たちの中で、抱けない人はいないような気持ちになっていたのだった。

2

「ね、じゃ脱ぎましょう」

千絵が言い、すぐにも早希がブラウスのボタンを外しはじめたので、兎彦も興奮しながら服を脱いでいった。

土曜の午後、ここは千絵のハイツである。

兎彦は千絵の連絡を受けて出向くと、すでに早希が来ていたのだ。最初は、三人でお喋りでもするのかとがっかりしたものだが、どうやら三人で戯れたいと言われ、彼は急激に期待を高めた。

千絵も早希も、すっかりその気になっていて、脱いでいくうち室内にはたちまち十八歳と二十二歳の女子大生の体臭が立ち籠めはじめた。

早希が前に、女同士で悪戯のキスをしたことがあると言っていたが、それは千絵だったようだ。

早希は何かと姉貴分の千絵に相談し、二人一度に兎彦を味わおうという話になったらしい。

姉妹のような二人には、兎彦に対する独占欲や嫉妬などは湧かず、むしろ一緒に楽しみたい気持ちが大きいようだった。

たちまち全裸になると、兎彦は千絵の匂いの沁み付いたベッドに仰向けになりピンピンに屹立したペニスを晒《さら》した。

「最初は、私たちの好きにさせて」

一糸まとわぬ姿になった千絵が、メガネだけは掛けたまま言い、同じく全裸の早希と一緒に左右から添い寝してきた。

二人は仰向けの彼を挟んで屈み込み、左右の乳首にチュッと同時に吸い付いてきたのだ。

「ああ、噛んで……」

兎彦は熱い息で肌をくすぐられ、左右の乳首を舐められて悶えた。

ダブルの刺激に喘ぎながら言うと、二人も綺麗な歯並びでキュッと両の乳首を嚙んでくれた。

「あう、気持ちいい。もっと強く……」

さらにせがむと、二人ともモグモグと咀嚼するように乳首を愛撫し、さらに脇腹から下腹にも舌と歯で移動していった。

兎彦は、何やら二人に食べられているような興奮と快感に包まれ、ペニスまで到達する前に果てそうなほど幹をヒクヒクさせた。

すると二人は彼の股間を避け、腰から太腿、脚を舐め降りていったのだ。

まるで日頃、彼が女性に愛撫するような順序である。

二人は足首まで行くと、申し合わせたように、同時に彼の両の足裏を舐め回してきたのだ。さらに爪先にもしゃぶり付き、厭わず全ての指の股にヌルッと舌を割り込ませた。

「く……、い、いいよ、そんなことしなくても……」

兎彦は申し訳ないような快感に呻き、それでも生温かなヌカルミでも踏むような感覚が心地よく、足指で二人の舌を摘んだ。

千絵からの呼び出しを受けたとき彼は自宅アパートだったので、急いでシャワーを浴びて出てきて良かったと思ったものだった。

全ての指の股が舐められ、両の爪先は女子大生たちの清らかな唾液にネットリとまみれた。

すると二人は彼を大股開きにさせ、今度は脚の内側を舐め上げてきた。

内腿にもキュッと歯が食い込むと、

「あう……」

兎彦は刺激に呻き、クネクネと腰をよじった。

やがて二人の顔は股間に迫り、千絵が彼の両脚を浮かせ、尻の谷間も交互に舐めてくれたのである。

先に千絵の舌先がヌルッと肛門に入って蠢き、引き離すとすかさず先の舌が這い回り、ヌルリと潜り込んだ。

「く……、気持ちいい……」

兎彦は妖しい快感に呻き、浮かせた脚をガクガクさせながら、それぞれの舌先をキュッキュッと肛門で締め付けた。二人も交互に舌を這わせ、挿し入れてからようやく脚が下ろされた。

するとニ人は頬を寄せ合って股間に迫り、陰嚢に舌を這わせてきた。

それぞれの睾丸が舌に転がされ、袋全体が混じり合った唾液に生温かくまみれて、股間には二人分の熱い息が籠もった。

そして、いよいよ二人が身を進めると、肉棒の裏側と側面から舌が這い上がってきた。

滑らかな舌が先端に辿り着くと、先に千絵が粘液の滲んだ尿道口をチロチロと舐め、張り詰めた亀頭にもしゃぶり付いた。

舌を離すと、すぐに早希も舌を這わせ、パクッと含んで吸い付きながらチュパッと引き離した。

「アア……」

兎彦は交互に含まれて喘ぎ、あまりの快感に、もうどちらの舌に含まれているか分からなくなってきた。それでも、口腔の温もりや舌の蠢きは微妙に異なり、どちらの愛撫にも彼は激しく高まった。

時には同時に二人の舌がヌラヌラと亀頭に這い回り、恐る恐る股間を見ると、何やら美しい姉妹が一緒にキャンディでも舐めているような、あるいは美女同士のディープキスの間にペニスが割り込んでいるようだった。

さらに二人が交互に深々と呑み込み、顔を小刻みに上下させ、強烈な摩擦を繰り返しては交代した。

「い、いきそう……」

兎彦が絶頂を迫らせ、警告を発しても二人は濃厚な愛撫を止めなかった。

どうやら一度目は、ここで出しても構わないようだ。

それならと我慢するのを止め、彼もズンズンと股間を突き上げた。

「ンン……」

喉の奥を突かれて呻き、なおも交互の愛撫を受けてペニスはミックス唾液に生温かくまみれた。

「い、いく……、アアッ……！」

とうとう昇り詰め、彼は快感にクネクネと身悶えながら喘いだ。同時に熱い大量のザーメンがドクンドクンと勢いよくほとばしり、ちょうど含んでいた早希の喉の奥を直撃した。

「ク……」

噎せそうになって早希が口を離すと、すかさず千絵がパクッと亀頭を含み、余りのザーメンを吸い出してくれた。

「あうう、気持ちいい……」

兎彦は腰を浮かせて快感に呻き、とうとう最後の一滴まで出し尽くしてしまった。満足しながらグッタリと身を投げ出すと、千絵も摩擦と吸引を止め、亀頭を含んだまま口に溜まったザーメンをゴクリと飲み込んでくれた。

「く……」

嚥下と同時にキュッと締まる口腔に刺激され、彼は駄目押しの快感に呻いた。

ようやく千絵が口を離すと、早希と一緒に顔を寄せ合い、濡れた尿道口をチロチロと舐め回してくれた。

もちろん早希も、口に飛び込んだ濃い第一撃は飲み干してくれていた。

「も、もういい、どうも有難う……」

兎彦は腰をくねらせ、過敏にヒクヒクと幹を震わせながら降参した。

すると、やっと二人も舌を引っ込めて顔を上げた。

「じゃ、回復するまで何でも好きなようにしてあげるから言って」

千絵が言い、早希も興奮に目をキラキラさせていた。

「じゃ、二人で僕の顔に足を乗せて……」

息を弾ませながら言うと、二人もすぐに立ち上がってきた。

そして彼の顔の左右に立ち、互いに身体を支え合いながら、そろそろと片方の足を浮かせて顔に乗せてくれた。

兎彦は、二人分の足裏の感触を顔に受けて陶然となった。

それぞれの足裏を舐めながら見上げると、ニョッキリした健康的な二人の脚が真上に伸び、濡れはじめている割れ目が見えた。

二人の指の股に鼻を割り込ませると、二人とも汗と脂の湿り気を籠もらせ、ムレムレの匂いを沁み付かせていた。

（ああ、女子大生たちの足の匂い……）

兎彦はうっとりと嗅ぎながら思い、贅沢に二人分の匂いを貪った。

どちらも似た匂いだが、やはり二人同時となると悩ましい刺激が鼻腔を掻き回してきた。

爪先にしゃぶり付き、順々に指の間に舌を割り込ませた。

「あん、くすぐったいわ……」

早希が喘ぎ、彼は二人の爪先をしゃぶり尽くし、足も交代してもらい、全ての味と匂いを貪ったのだった。

「じゃ、顔を跨いでしゃがんで」

舌を離して言うと、やはり歳上の千絵から先に彼の顔を跨ぎ、和式トイレタイルでゆっくりしゃがみ込んできた。

　脚がM字になると、脹ら脛と太腿がムッチリと張り詰め、濡れた股間が鼻先に迫った。陰唇の内側はヌラヌラと大量の蜜に潤い、兎彦は腰を抱き寄せ、茂みに鼻を埋めて舌を挿し入れていった。

3

「アアッ……、いい気持ち……」

　千絵が熱く喘ぎ、座り込みそうになりながら懸命に兎彦の顔の左右で両足を踏ん張った。

　恥毛には、やはり生ぬるく濃厚な汗とオシッコの匂いが沁み付き、彼は鼻腔を刺激されながら淡い酸味のヌメリをすすり、膣口からクリトリスまで舐め上げていった。

　兎彦も、次が控えているので味と匂いを堪能すると、すぐ白く丸い尻の真下に潜り込んでいった。

　顔中に双丘を受け止めながら、レモンの先のように突き出たピンクの蕾に鼻を埋めて蒸れた微香を嗅ぎ、舌を這わせてヌルッと潜り込ませた。

「あう……」

千絵が呻き、キュッと肛門できつく舌先を締め付けてきた。

兎彦は滑らかな粘膜を味わい、やがて舌を引き離すと、千絵も素直に股間を引き離し、早希と交代してくれた。

早希もためらいなく跨いでしゃがみ込み、ぷっくりと丸みを帯びた可愛い割れ目を鼻先に迫らせてきた。

柔らかな若草に鼻を埋めて嗅ぐと、やはり汗とオシッコの匂いに混じり、ほんのり蒸れたチーズ臭も混じって鼻腔を刺激してきた。

舌を挿し入れて淡い酸味のヌメリを掻き回し、クリトリスまで舐め上げると、

「アアッ……」

早希も熱く喘ぎ、ヒクヒクと白い下腹を波打たせた。

尻の真下に潜り込み、可憐な蕾に鼻を埋めて微香を嗅ぎ、舌を這わせてヌルッと挿し入れていった。

「く……」

早希が呻き、モグモグと肛門で舌先を締め付けた。

そして兎彦が美少女の前と後ろを味わっていると、いきなりペニスが生温かなものに包まれた。

どうやら千絵がしゃぶり付いたようで、すでにペニスはすっかり回復して元の硬さと大きさを取り戻していた。やはり相手が二人もいると、快復力も倍のようだった。

千絵は唾液に濡らしただけで、すぐにスポンと口を離した。

「先に入れるわ……」

千絵が言うなり彼の股間に跨がると、先端に濡れた割れ目を押し当て、ゆっくり腰を沈めて膣口に受け入れていった。

「アアッ……、いいわ……」

千絵が完全に座り込み、股間を密着させて喘ぐと、前にいる早希の背にもたれかかった。

兎彦は、なおも美少女の股間に顔を埋めて味と匂いを貪りながら、ペニスを締め付けられて高まってきた。それでも、口内発射したばかりだから、しばらくは暴発の心配もなさそうだ。

そして兎彦が早希の前と後ろを舐め回している間にも、千絵は沙希の背に掴まりながらスクワットするように脚をM字にさせ、リズミカルに腰を上下させはじめた。

クチュクチュと湿った摩擦音が聞こえ、溢れた愛液が彼の陰嚢を濡らし、肛門の方にまで伝い流れてきた。

「も、もうダメ……」

すると早希が言い、ビクリと股間を引き離した。そして傍らに座り込み、女上位で高まっている千絵を見守った。

「気持ちいいわ、いっちゃう……、アアーッ……！」

たちまち千絵が声を上ずらせ、ガクガクと狂おしいオルガスムスの痙攣を開始してしまった。

兎彦も股間を突き上げながら快感を味わったが、何しろ次が控えているのだから、膣内の収縮に負けずに保ち続けた。

やがて千絵は上体を起こしていられず、両膝を突いて突っ伏してきた。

そしてヒクヒクと身を震わせていたが、それ以上の刺激を避けるように股間を離すとゴロリと横になっていった。

すると早希が自分から跨がり、千絵の愛液にまみれたペニスをゆっくりと膣口に受け入れながら、腰を沈めてきたのだった。

兎彦のペニスは、微妙に温もりと感触の違う柔肉の奥にヌルヌルッと呑み込まれ、美少女がピッタリと股間を密着させてきた。

「アア……！」

早希が顔を仰け反らせて喘ぎ、キュッときつく締め上げた。

兎彦は快感を味わいながら両手で抱き寄せると、彼女も身を重ねてきた。

まだ勿体ないので動かず、僅かに両膝を立てて尻を支え、潜り込むようにして薄桃色の乳首にチュッと吸い付いていった。

顔中に柔らかな膨らみを受けながら舌で転がすと、

「ああ……、いい気持ち……」

早希が喘ぎ、甘ったるい体臭を漂わせて悶えた。もう挿入の痛みは克服し、男と一体になった充足感を覚えているようだ。

と、横で呼吸を整えていた千絵も身を寄せ、彼の顔に乳房を押し付けてきたのである。まだ舐めてもらっていない場所を早希が愛撫されたので、急に対抗意識を燃やしたのかも知れない。

兎彦は二人分の乳首を順々に含んで舐め回し、それぞれの柔らかな膨らみを顔中で味わった。

混じり合った生ぬるい体臭に噎せ返り、さらに彼は二人の腋の下にも鼻を擦りつけ、濃厚な汗の匂いを貪った。

早希の腋はスベスベだが濃い匂いを籠もらせ、千絵の腋の和毛も色っぽい感触と匂いを伝えてきた。

やがてズンズンと小刻みに股間を突き上げると、早希も母親に似て愛液の量が多く、すぐにも動きが滑らかになっていった。

「アア……、奥が、熱いわ……」

早希が喘ぎ、自分も突き上げに合わせてぎこちなく腰を動かしはじめた。

兎彦が彼女に唇を重ねていくと、また千絵が割り込むように唇を合わせ、舌を伸ばしてきたのだ。

彼は、二人分の唇の感触を同時に味わい、それぞれの舌をヌラヌラと舐め回した。これも実に贅沢な快感である。

混じり合った息を嗅ぎながら、ミックス唾液をすすり、ジワジワと絶頂が迫ってくると動きも激しくなってしまった。

「ああン……、いい気持ち……」

早希も快感を覚えたように喘ぎ、収縮を活発にさせてきた。

もともと快楽大好きな美保子の血を引いているので成長が早く、しかも千絵の凄まじいオルガスムスを目の当たりにしたので、早希も大きな快感が芽生えようとしているのだろう。

二人の喘ぐ口に鼻を押し込んで嗅ぐと、どちらも甘酸っぱい果実臭を濃厚に含み、それに一緒に済ませたらしい昼食の名残だろうか、淡いオニオン臭とガーリック臭も程よい刺激となって彼を高まらせた。

やはりケアした直後の無臭に近いものやハッカ臭などより、リアルな匂いの方が彼の官能を刺激するのである。

「唾を飲ませて、いっぱい……」

囁くと、二人も懸命に唾液を分泌させて口を寄せ、順々にトロトロと白っぽく小泡の多い唾液を吐き出してくれた。

それを口に受け、混じり合った生温かな粘液を味わい、彼はうっとりと喉を潤して酔いしれた。

「顔中もヌルヌルにして……」

さらにせがむと、二人も舌を這わせて兎彦の顔中をヌルヌルに唾液まみれにさせてくれた。

「い、いく……！」

とうとう兎彦は股間を突き上げながら、二人分の唾液と吐息の匂いに包まれて絶頂に達してしまった。

熱いザーメンがドクンドクンと勢いよく中にほとばしると、

「あう、熱いわ、いい気持ち……」

噴出を感じた早希が呻き、さらにキュッキュッときつく締め付けてきた。

まだ完全なオルガスムスではないが、もう間もなく早希も大きな快感を得ることだろう。

兎彦は二人分の匂いを貪りながら快感を噛み締め、肉襞の摩擦の中で心置きなく最後の一滴まで出し尽くしていった。

すっかり満足しながら突き上げを弱めていくと、

「アア……」

早希も力尽きたように声を洩らして肌の硬直を解き、グッタリともたれかかって体重を預けてきた。

彼自身は、息づく膣内に刺激され、ヒクヒクと過敏に震えていた。

そして兎彦は二人の温もりを味わい、混じり合ったかぐわしい吐息を胸いっぱいに嗅ぎながら、うっとりと快感の余韻に浸り込んでいったのだった。

4

「ね、こうして……」

兎彦はバスルームで、全身を洗い流すと床に座り、早希と千絵を左右に立たせ肩を跨がらせて言った。

二人も彼の顔に、左右から股間を突き出してくれた。

「オシッコかけて……」

言うと、まだ余韻から覚めやらぬ二人は、羞恥や抵抗感より好奇心を湧き上がらせ、すぐにも下腹に力を入れて尿意を高めはじめてくれた。

それぞれの割れ目に鼻を埋めたが、どちらも濃厚に沁み付いていた匂いは薄れてしまった。それでも舐めると、二人とも新たな愛液を溢れさせて舌の動きを滑らかにさせた。

「あう、漏れちゃう……」

早希が言い、割れ目内部の柔肉を迫り出すように盛り上げ、味わいと温もりを変化させた。今回は、彼女も出血はなかった。

同時に、チョロチョロとか細い流れがほとばしり、兎彦は夢中で舌に受けて味わった。

すると反対側の肩にも、千絵の出したものが温かく注がれてきた。そちらにも顔を埋めて口に受け、淡い味と匂いを堪能しながら喉に流し込んだ。

交互に流れを味わって喉を潤すと、淡い匂いでも混じり合って悩ましく鼻腔を刺激してきた。

彼の全身にも温かな流れが注がれ、たちまち回復してきたペニスが心地よく浸された。

やがて二人はほぼ同時に流れを治め、兎彦は代わる代わる舌を這わせて余りの雫をすすり、残り香の中で新たな愛液を味わった。

「も、もうダメ……」

早希が言ってビクリと股間を引き離すと、千絵も座り込んでシャワーの湯を三人に浴びせた。

立ち上がって三人で身体を拭き合うと、全裸のまま部屋のベッドへと戻っていった。

もちろん兎彦も、もう一回射精しなければ治まらないほど勃起していた。何しろ二人相手など、一生のうちでもそうそう体験できないだろうから、とことん贅沢な快感を味わっておきたいのだ。

「すごく勃ってるわ……」

千絵が言い、やんわり握りながら添い寝してきたので、早希も反対側に寝て彼を両側から挟み付けてくれた。

「私は、もう今日は入れなくていいわ……」

早希が言った。

さっきは本格的な絶頂を間近にして、少々恐いのかも知れない。あるいは、本当の快感は二人がかりではなく、兎彦と一対一の時に経験したいのかも知れなかった。

「私はもう一回入れてほしいわ。さっきは気が急いて、あっという間にいってしまったから」

「じゃ入れる前に、いっぱい舐めて」

千絵が言うので兎彦が答えると、また二人で顔を寄せ合い、熱い息を混じらせながら亀頭をしゃぶってくれた。

「ああ、気持ちいい……」

彼は快感に喘ぎ、交互に亀頭を吸われて腰をくねらせた。

たちまちペニスは美しい女子大生たちのミックス唾液に生温かくまみれ、もう二回射精しているというのに急激に高まってきた。

すると千絵は、また気が急くように口を離し、身を起こして跨がってきた。

早希は添い寝し千絵がペニスを納めていく様子を覗き込んだ。

ヌルヌルッと滑らかに根元まで膣口に嵌まり込むと、

「アアッ……！」

千絵が顔を仰け反らせて喘ぎ、キュッと締め付けながら身を重ねてきた。

兎彦は千絵の重みと温もりを受け止め、横にいる早希の顔も引き寄せた。

「噛んで……」

彼が両膝を立て、千絵の尻を支えながら言うと、真上の千絵と横の早希が同時に彼の頬に軽く歯を立て、耳たぶもキュッと噛んでくれた。

「ああ……、もっと強く……」

兎彦が甘美な刺激に喘ぎながら言うと、二人は熱くかぐわしい息を弾ませて咀嚼するようにモグモグと動かし、さらに左右の耳の穴にも舌を潜り込ませて蠢かせてくれた。

聞こえるのは、熱い息遣いと舌の蠢く音だけで、まるで彼は頭の中まで二人に舐められているような気になった。

千絵は腰を動かしはじめ、股間を擦り付けてしゃくり上げるように何度も律動して締め付けた。

コリコリと痛いほど恥骨の膨らみが当たり、彼自身も生温かな愛液にまみれてヒクヒクと震えた。

「ね、思い切り唾を吐きかけてみて」

「ええ？　そんなこと無理よ……」

せがむと、早希が驚いたように言った。

「他の男に、絶対出来ないことをしてほしい」

さらに言うと、すでに快感に朦朧となっている千絵が、口に唾液を溜めて顔を寄せ、大きく息を吸い込むと止め、勢いよくペッと吐きかけてくれた。

「ああ……、もっと……」

息の匂いが顔を撫で、生温かな唾液の固まりがピチャッと鼻筋を濡らし、彼は妖しい快感に喘いだ。

　すると早希も勇気を出して同じように吐きかけてくれ、兎彦は興奮にズンズンと激しく股間を突き上げはじめた。

　二人の混じり合った息の匂いが悩ましく鼻腔を刺激し、ミックス唾液がヌラヌラと顔中を生温かくまみれさせた。

「い、いきそう……」

　兎彦が高まりながら言うと、千絵も膣内の収縮を活発にさせ、愛液を大洪水にさせながら悶えていた。

「わ、私も……、もっと長く楽しみたいのに……、アアーッ……！」

　たちまち千絵が声を上ずらせ、ガクガクと狂おしいオルガスムスの痙攣を開始してしまった。

　続いて兎彦も、二人の濡れた口に鼻を擦りつけて悩ましい匂いで胸を満たしながら、激しく昇り詰めてしまった。

「く……！」

　絶頂の快感に呻き、ありったけのザーメンをドクドクとほとばしらせた。

「あう、熱いわ……、いい気持ち……」

噴出を受け止めた千絵が、駄目押しの快感を得て呻き、きつく締め上げた。

ここ最近はバイブばかりだったから、奥深い部分に射精を感じる快感が得たかったようだ。

兎彦は激しく股間を突き上げ、心地よい摩擦快感を味わいながら最後の一滴まで出し尽くしていった。

「ああ、いく……！」

すると横から密着している早希も喘いだ。どうやら知らない間に、自分でクリトリスをいじり、二人の絶頂とともに昇り詰めてしまったようだ。

兎彦が満足しながら徐々に動きを弱めていくと、千絵もすっかり満足したように肌の強ばりを解き、グッタリともたれかかってきた。

「アア……、良かったわ、すごく……」

千絵が息も絶えだえになって言い、まだヒクヒクと艶めかしく膣内を収縮させていた。

過敏になったペニスが刺激されて脈打ち、兎彦は二人分の悩ましい吐息を嗅ぎながら、今度こそゆっくりと快感の余韻を味わったのだった……。

5

「ごめんなさいね、お呼びだてしてしまって」

日曜の昼過ぎ、兎彦が新藤家を訪ねると、美保子が色白の頬をほんのり染めて言った。

夫は出張中で、早希も出かけてしまったので、彼女は淫気を高まらせて兎彦をメールで呼び出したのだ。

もちろん兎彦は出がけにシャワーを浴びてきたので、招かれるますぐにも寝室に入った。すると美保子は、世間話も省略して手早くブラウスのボタンを外しはじめた。

「あの、メールで言った通り、シャワーは浴びていませんよね」

「え、ええ……、恥ずかしいけど、それで喜んでもらえるなら……」

彼が言うと美保子はモジモジと言い、約束を守ってくれたように生ぬるく甘ったるい匂いを濃く揺らめかせた。

先に全裸になってベッドに横たわり、彼は枕に沁み付いた匂いを貪った。

美保子も最後の一枚を脱ぎ去ると、期待と興奮に目をキラキラさせてベッドに上ってきた。

「まあ、こんなに勢いよく勃ってるわ。嬉しい……」

彼女は言い、いきなり屈み込んで先端を舐め回し、スッポリと根元まで呑み込んで股間に熱い息を籠もらせた。

「ああ……」

兎彦も、貪るように吸い付かれて喘ぎ、思わずビクッと腰を浮かせた。

美保子はネットリと舌をからめ、充分に生温かな唾液にまみれさせるとスポンと口を引き離した。

「ずるいわ。自分だけシャワーを浴びてきたのね」

彼女が詰《なじ》るように言って、さらに胸を突き出し、爆乳の谷間にペニスを挟んで両側から揉んでくれた。

兎彦は肌の温みと柔らかな感触で揉みくちゃにされ、最大限に勃起した。

さらに彼女は谷間に挟みながら俯いて舌を伸ばし、なおもチロチロと尿道口を探ってくれた。

「い、いきそう……」

兎彦が言うと、美保子は身を起こし、

「もっと長く味わっていたいのに……」

と残念そうに言った。やはり受け身になってシャワーも浴びていない肉体を愛撫されるより、自分の方から若い男を貪る方が気が楽なのだろう。

美保子を横たえ、入れ替わりに身を起こした兎彦は、まず彼女の足の裏に顔を押し当てていった。

舌を這わせ、指の間に鼻を割り込ませて嗅ぐと、今日も買い物に出て歩き回ったか、そこは汗と脂に湿り、蒸れた匂いが濃く沁み付いていた。

爪先にしゃぶり付き、ヌルッと舌を潜り込ませていくと、

「あう……、どうして、汚いのにそんなこと……」

美保子が朦朧として呻き、指で舌先を挟み付けてきた。

兎彦は両足とも、全ての指の股の味と匂いを貪り尽くすと、股を開かせて脚の内側を舐め上げていった。

白くムッチリした内腿をたどり、熱気の籠もる股間に迫ると、すでに割れ目からはみ出した陰唇はヌメヌメと大量の愛液に潤っていた。

「アア……」

彼の熱い視線と息を股間に感じ、美保子は匂いが気になるようで羞恥に腰をよじって喘いだ。

指で陰唇を広げると、かつて早希が生まれ出てきた膣口は白濁の本気汁にまみれて息づいていた。真珠色の光沢を放つクリトリスも、愛撫を待つようにツンと突き立っていた。

「オマ×コお舐めって言って」

「ああ、そんなこと言わせたいの……」

股間から言うと、彼女は白い下腹をヒクヒク波打たせて喘いだ。

「お願い、言って。すごく濡れていて美味しそうだから」

「オ、オマ×コ舐めて……、アアッ！」

美保子が声を上ずらせて言うと、もう彼も焦らさずギュッと顔を埋め込んでいった。

黒々と艶のある茂みに鼻を擦りつけて嗅ぐと、濃厚に甘ったるい汗の匂いと、ほんのり蒸れた残尿臭が悩ましく鼻腔を刺激してきた。

「すごくいい匂い」

「あう、言わないで……」

ことさらに犬のようにクンクン鼻を鳴らして言うと、美保子が量感ある内腿でキュッときつく彼の両頬を挟み付けて呻いた。

舌を挿し入れると淡い酸味のヌメリが迎え、彼は膣口の襞をクチュクチュ掻き回し、味わいながらゆっくり柔肉をたどり、クリトリスまで舐め上げていった。

「アアッ……！」

美保子が熱く喘ぎ、ビクッと顔を仰け反らせた。

兎彦はチロチロと弾くようにクリトリスを舐め、味と匂いを堪能してから、彼女の両脚を浮かせて豊満な尻の谷間に鼻を埋め込んでいった。

可憐に襞を揃えたピンクの蕾に鼻を押し付けて嗅ぐと、蒸れた汗の匂いと、ほんのり混じる微香が悩ましく鼻腔を刺激してきた。

兎彦は顔中に密着する豊かな双丘の感触を味わい、匂いを堪能してから舌を這わせ、ヌルッと潜り込ませて粘膜を探った。

「く……！」

美保子が呻き、浮かせた脚をガクガクさせながらキュッと肛門で舌先を締め付けた。彼も執拗に内部で舌を蠢かせてから、ようやく顔を引き離していった。

そして唾液にヌメる肛門に、左手の人差し指を浅く潜り込ませた。

「あう、ダメ……」

美保子が驚いたように呻いたが、さらに彼は右手の二本の指を濡れた膣口に潜り込ませ、前後の穴の内壁を小刻みに擦りながら再びクリトリスに吸い付いていった。

「アア……、へ、変な感じ……」

美保子は、最も感じる敏感な三点を同時に攻められ、それぞれの穴できつく指を締め付けて喘いだ。

さらに肛門の奥まで潜り込ませ、膣内の二本の指で天井のGスポットを擦り、執拗にクリトリスを舐め回した。

「ダ、ダメ、いきそうよ、お願い、入れて……！」

美保子が切羽詰まったように声を震わせて懇願し、ようやく兎彦も前後の穴からヌルッと指を引き抜いた。

肛門に入っていた指に汚れの付着はなく、爪にも曇りはないが微香が感じられた。膣内にあった二本の指の間は膜が張るように愛液にまみれ、風呂上がりのようにふやけてシワになった指の腹は、攪拌《かくはん》されて白っぽく濁った愛液がまつわりついていた。

「じゃ、まず後ろから入れたいので」

身を起こした兎彦が言うと、彼女も素直にうつ伏せになり、四つん這いになってそろそろと尻を突き出してきた。

彼は膝を突いて股間を進め、バックから先端を膣口に挿入していった。

ヌルヌルッと根元まで潜り込むと、豊満な尻の丸みが股間に密着し、何とも心地よく弾んだ。

「アアッ……、いい……」

四つん這いという無防備な体勢に感じたか、美保子が顔を伏せて喘ぎ、若いペニスを味わうようにキュッキュッと締め付けてきた。

兎彦は白い背に覆いかぶさり、両脇から回した手でたわわに揺れる爆乳を鷲掴みにし、髪に鼻を埋めて甘い匂いを貪った。

そして腰を前後させると、何とも心地よい摩擦がペニスを包み、溢れた愛液が動きを滑らかにさせた。

大洪水になった愛液がトロトロと溢れ、揺れてぶつかる陰嚢まで生温かく濡らし、淫らに内腿を伝い流れた。

しかし、股間に当たる尻の感触は良いが、やはり顔が見えずに物足りない。

やがて兎彦はバックの感触だけ味わうと、身を起こしてペニスを引き抜いた。

「あう……」

美保子は快感を中断され、支えを失ったように突っ伏した。

その身体を横向きにさせ、上の脚を持ち上げると、彼は下の内腿を跨いで再び挿入し、松葉くずしの体位で上の脚に両手でしがみついた。

「アア……」

美保子は喘ぎ、クネクネと腰を動かしたが、これも兎彦は何度か動いただけで引き抜き、彼女を仰向けにさせた。

そして正常位でヌルヌルッと一気に根元まで貫くと、

「お、お願い、もう抜かないで……」

彼女が哀願して両手を回し、兎彦を抱き寄せていった。

彼も肉襞の摩擦を味わい、股間を密着させて脚を伸ばし、身を重ねていった。

胸の舌で爆乳が押し潰れて弾み、彼女は待ちきれないようにズンズンと股間を突き上げてきた。

兎彦も合わせて律動しながら、屈み込んで乳首を吸い、顔中で柔らかな膨らみを味わった。

左右の乳首を堪能すると、腋の下にも潜り込んで鼻を埋め、生ぬるく甘ったるい汗の匂いに噎せ返った。

「い、いきそうよ……、もっと強く突いて……」

美保子が膣内を締め付けながら言い、彼を乗せたまま何度か腰を跳ね上げた。

兎彦は上から唇を重ね、綺麗な歯並びを舐め、生温かく濡れて蠢く舌を舐め回した。

「アア……、いい気持ち……」

しかし美保子は息苦しげに口を離し、熱く喘いだ。

開いた口に鼻を押し込んで嗅ぐと、今日も熱く湿り気ある息は、悩ましい白粉臭の刺激を含んで彼の鼻腔を掻き回してきた。

兎彦も高まり、股間をぶつけるように激しく律動し、とうとう昇り詰めてしまった。

「い、いく……！」

絶頂の快感に口走り、熱いザーメンをドクンドクンと勢いよく注入すると、

「き、気持ちいいわ……、アアーッ……！」

噴出を感じた美保子も、同時にオルガスムスに達して喘いだ。

ガクガクと狂おしい痙攣を繰り返し、兎彦も心ゆくまで快感を噛み締め、最後の一滴まで出し尽くしていった。

満足しながら動きを弱めていくと、

「ああ……、溶けてしまいそう……」

彼女も熟れ肌の硬直を解いて言い、グッタリと身を投げ出した。兎彦はヒクヒクと幹を過敏に震わせ、悩ましい匂いの吐息を間近に嗅ぎながら、うっとりと快感の余韻に浸り込んでいった。

第五章　淫ら妻はミルクの匂い

1

「あの、僕は玉川兎彦ですけど、烏丸先生に紹介されて来ました」

兎彦は、休診中の医院を訪ね、出てきた女性に言った。

これが明日香の言っていた、三十二歳になる心理カウンセラーの高見沢《たかみざわ》淳子《じゅんこ》だろう。

明日香は先輩の淳子に兎彦の話をすると、いたく興味を持ったらしく、それで言われて訪ねて来たのである。

淳子は人妻で、夫は内科医だが今日は学会があり休診しているようだ。裏に自宅があり、淳子の親も住んでいて、夫は婿養子らしい。

「お待ちしていたわ。入って」

淳子は、セミロングの髪に縁なしメガネ、白衣姿の実に知的な美女だった。

しかし今は子育てのため、心理カウンセラーはお休みしているらしい。

招かれたのは診察室で、互いに椅子に座って向かい合った。

「明日香から聞いたのだけど、心の中にもう一人、架空の双子の兄というのがいるのね？」

淳子は、明日香からの話を確認するように、彼の名前と年齢、家族構成などをメモしてから訊いてきた。

「ええ、別に会話を交わしているわけじゃなく、叱咤《しった》されたり積極的になるよう命令されていました」

「いつ頃から？　今も？」

「二十歳になってからだから、特にこの春から激しくなっているけど、僕がその通りに思いきって行動すると、今は比較的静かで、そのぶん僕自身が好き勝手に振る舞ってます」

「そう、二人の性質が一致してきたのね」

淳子は言い、メモをやめて彼に向き直った。

「女性にもいたわ。躾《しつ》け厳しく育てられたお嬢さんが、内なる淫らなもう一人に突き動かされるケースが」

淳子が言い、兎彦は千絵を思い浮かべた。

「とかく、大人しいタイプに怒るようだわ。一種のスーパーマン願望で、正反対の別人格に操られるという」

「はい、僕も空想癖があって、常に嫌な奴がやっつけられたら、どんなにスッキリするだろうというようなことばかり考えてました」

「今までの自分への反逆というか、殻を破りたい衝動ね。でも、精神的なものばかりじゃなく、あなたの場合は本当に力も強くなっている。武道の有段者の明日香が驚いていたのだから、相当にすごいのでしょう」

「ええ、倍じゃなく、二乗ではないかと僕は思ってます」

「二乗……、とにかく人間の脳や肉体には、まだまだ未知で神秘な部分が多く残されているのね。目覚めたのは、力だけ？　他に、頭脳だとか性欲とかも二乗になっている？」

淳子が、レンズの奥の目を好奇心にキラキラさせ、身を乗り出すようにして言った。

興奮も高まっているように、薬品の匂いのする診察室内でも、彼女の甘ったるい体臭が悩ましく感じられた。

「授業はだいぶ分かりやすくなってるけど、次の試験まで結果は分からないですね。ただ五感が研ぎ澄まされています」

「性欲は？」

「オナニーは日に二、三回だから、他の二十歳前後と同じぐらいじゃないかな」

「ううん、多い方だわ。女性相手は？」

「それが、力に目覚めるまで童貞だったから、よく分からないです」

「じゃ、本当に明日香が初体験？」

淳子が言う。やはり明日香は、兎彦に手ほどきしたことまで彼女に話していたようだった。

「え、ええ、明日香先生が初めてでした」

「他には？」

「明日香先生には内緒にして下さいね。女子大生を三人ばかりと、その中の一人の母親とも」

「まあ、短い間でそんなに……。それで、してみてどう？」

「確かに生身を知ってからは性欲がさらに強くなって、快復力も早くなっていると思います」

兎彦は、股間を熱くさせて答えた。

「そう……、じゃ身体も診たいので脱いでくれる？」

言われて兎彦は立ち上がり、服を脱いで籠《かご》に入れると、淳子も立って診察ベッドの方にライトを向けた。

「それもよ、全部」

淳子が言い、兎彦は最後の一枚も脱ぎ去り、そろそろとベッドに仰向けになって言った。冷徹なメガネ女医に言われると、どんなことも拒めない雰囲気になるが、ペニスは激しく勃起していた。

やがて淳子は手を洗い、拭きながら近づいてペニスにはあえて目を向けず、彼の頬や首筋を撫で、リンパの様子などを探りながら、胸から脇腹にも手を這わせてきた。

「今までレントゲンや健診で異常なことは言われていない？」

「ええ、何も変わったことはないです」

「じゃ、双子の兄が体内にいるという可能性はないわね。ただ兄の肉体ではなく意識が脳の片隅に棲んで、しかも彼が超能力者だったら、絶大な力を与えてくれるのかも……」

淳子は言いながら肌を探ってゆき、とうとうピンピンに屹立したペニスに迫ってきた。

「すごいわ、こんなに勃って……」

淳子は熱い視線を注いで言いながらも、まだ触れてはこなかった。

「私と、してみたい？」

と、いきなり彼女が言い、兎彦は戸惑いながらも頷いた。

「ええ、もちろん、してみたいです……」

「私もよ。一目会ったときから、早くしてみたくて仕方がなかったの」

淳子は言い、ボタンを外して白衣を脱ぎ去った。下は黒のブラとショーツだけである。

「あ、あの、あれは……？」

兎彦は、淳子がブラとショーツを脱いでいる間に身を起こし、奥にある婦人科の検診台を指して言った。

「ああ、あれは私の母が婦人科医をしていた頃のもの」

「そこに座ってみてほしいです」

言うと、彼女も一糸まとわぬ姿になり、奥の検診台に向かった。

実に色白でプロポーションが良く、しかし乳房と尻は魅惑的に豊かだった。

「いいわ、こう？　固定していいから、何でも好きなようにしてみて」

淳子は全裸にメガネだけかけて言い、自分から婦人科の検診台に乗った。

背もたれは仰向けに近く、脚をM字にさせて足乗せに置くと、兎彦はマジックテープで足首を固定した。

彼女も自分で胴を固定し、両手までテープで動けなくした。やはり苦痛で暴れるのを防ぐため、完全に拘束できるようだ。

しかもライトが向けられると、女体の神秘の部分が余すところなく照らし出された。

兎彦は、ふと気になり、股間より先に彼女の豊かな乳房に迫った。

見ると、やや大きめの乳輪が濃く色づき、乳首からはポツンと白濁の雫が滲み出ているではないか。

どうやら、最初から感じていた甘ったるい匂いは、淳子の汗ではなく母乳だったようだ。それにブラを外すときも内側に何か見えたが、それは乳漏れパットだったのだろう。

（ぼ、母乳……）

兎彦は興奮を高め、母乳を見た途端、冷徹な淳子が一人の生身の女に戻った気がして、吸い寄せられるように乳房に顔を埋め込んでいった。

チュッと乳首に吸い付いて、生温かな雫を舐め回した。

「アア……」

淳子が熱く喘ぎ、検診台に身を横たえてクネクネと身悶えた。

新たな母乳はなかなか出てこなかったが、コリコリと勃起した乳首を吸い付き唇で芯を強く挟み付けるようにすると、ようやく生ぬるい液体が滲み出て舌を濡らしてきた。

それは薄甘く、彼はうっとりと喉を潤しながら吸い続けた。

もう片方の乳首も含み、すっかり要領を得て母乳を吸い出して飲み込むと、胸いっぱいに甘ったるい匂いが満ちていった。

「ああ、飲んでいるの？　嫌じゃないのね……」

淳子が息を弾ませて言い、兎彦も両の乳首から充分に母乳を吸い出した。

心なしか膨らみの張りが和らいできたので、ようやく乳首から離れ、彼は淳子の腋の下にも鼻を埋め、汗ばんで甘ったるい匂いを貪った。同じ甘ったるい匂いでも、腋は母乳とは微妙に違うレモン風味が混じっていた。

やがて兎彦は白い肌を移動し、股間の椅子に腰を下ろし、まだ股間に向かわず足裏に舌を這わせ、指の股に鼻を割り込ませて嗅いだ。

やはりそこも汗と脂にジットリ湿り、生ぬるく蒸れた匂いが濃厚に沁み付いていた。

彼は匂いを貪ってから爪先をしゃぶり、指の股を舐め回した。

2

「あう……、そんなところ舐めなくていいのに……」

淳子が呻き、唾液に濡れた指先を縮めた。

兎彦は彼女の両足ともしゃぶり、味と匂いを貪り尽くした。

そして座っている椅子をすすめ、いよいよ大股開きになっている淳子の股間に迫っていった。白くムッチリした内腿を舐め、湿り気の籠もる股間に顔を寄せると熱気が籠もっていた。

M字になった脚の中心、ふっくらした丘には黒々と艶のある恥毛が程よい範囲に茂り、割れ目からはみ出した陰唇も僅かに開いて、柔肉が覗いていた。

さらに指で広げると、ライトを受けて息づく膣口が丸見えになった。

ポツンとした尿道口もはっきり見え、包皮の下からは小指の先ほどのクリトリスもツンと突き立っていた。

椅子も便座のようにえぐれているので、ピンク色の艶めかしい肛門まで照らされていた。

実に検診台というのは、女性の割れ目と尻の谷間まで余すところなく見えるように設計されているものだと思った。

もう堪らずに顔を埋め込み、柔らかな茂みに鼻を擦りつけて嗅ぐと、生ぬるく蒸れた汗とオシッコの匂いが悩ましく鼻腔を刺激してきた。

舌を挿し入れて膣口の襞をクチュクチュ掻き回すと、淡い酸味のヌメリが愛撫を滑らかにさせた。

味わいながら柔肉をたどり、クリトリスまで舐め上げていくと、

「アアッ……、いい気持ち……！」

淳子が激しく仰け反り、台をギシギシいわせながら喘いだ。

兎彦は上の歯で包皮を剥き、完全に露出したクリトリスを執拗に吸い、チロチロと弾くように舐め回した。

さらに尻の谷間に鼻を埋め込むと、蕾に籠もった鼻腔が馥郁と鼻腔を刺激して

きた。

兎彦は充分に嗅いでから舌を這わせ、おちょぼ口の襞を濡らし、ヌルッと潜り込ませて滑らかな粘膜を味わった。

「く……！」

淳子が呻き、モグモグと味わうように肛門で舌先を締め付けてきた。

彼は舌を蠢かせ、再び割れ目に戻ってクリトリスを吸い、大量に溢れる愛液をすすった。

「も、もういいわ……、外して……」

すっかり高まった淳子が言うので、ようやく兎彦も顔を上げ、彼女の両手両足のマジックテープを外してやった。すると彼女も身を起こし、自分で胴体の縛めを解いて検診台を降りた。

「乗ってみて。男では出来ない経験よ」

言われて、兎彦も興味を覚えて検診台に乗ってみた。

腰を下ろして仰向けになると、淳子が彼の脚をM字に開かせ、両の足首を固定した。

「ああ……、変な気持ち……」

兎彦は、股間を照らされ、身動きできない状態にゾクゾクと興奮して言った。

淳子は、彼の胴体や両手の縛めはせず、椅子に掛けて股間に顔を寄せてきた。

すると彼女は、まず兎彦の肛門を舐め回し、自分がされたようにヌルッと潜り込ませてきたのだ。

「あう……」

兎彦は唐突な快感に呻き、キュッと肛門で美女の舌先を締め付けた。

淳子は熱い鼻息で陰嚢をくすぐりながら、内部で舌を蠢かせ、やがてヌルッと引き抜いた。

「指も入れてほしい？」

「い、いえ、指は結構です……」

股間から言われると、兎彦は恐れをなしたように答えた。やはり舌なら良いが指となると抵抗があった。

淳子は無理強いせず陰嚢を舐め回し、睾丸を転がして熱い息を股間に籠もらせた。そして、いよいよペニスの裏側を舐め上げ、チロチロと蠢かせながら先端まで来た。

粘液の滲む尿道口を念入りに舐め回すと、張り詰めた亀頭を含んでスッポリと根元まで呑み込み、幹を丸く締め付けて吸ってくれた。

「アア、気持ちいい……」

兎彦は喘ぎ、美女の口の中で唾液にまみれた幹をヒクヒク震わせた。

淳子も熱い鼻息で恥毛をそよがせ、念入りに舌をからめてから、顔を上下させてスポスポとリズミカルな摩擦を開始してくれた。

恐る恐る股間を見ると、人妻のメガネ美女が一心不乱におしゃぶりしていた。

「い、いきそう……」

すっかり高まって言うと、淳子がスポンと口を離して顔を上げ、何とそのまま検診台に上ってきたのである。

「入れるわ……」

彼女は言うなり兎彦の股間に跨がり、先端に割れ目を押し当てると、ゆっくり味わいながら膣口に受け入れていった。

ヌルヌルッと滑らかに根元まで潜り込むと、

「アア……、いい気持ち……」

淳子が顔を仰け反らせて喘ぎ、完全に座り込んで股間を密着させた。

兎彦も肉襞の摩擦と熱いほどの温もり、締め付けと潤いに包まれながら快感を味わった。

二人分の体重を受けても、検診台は頑丈に出来ていた。

彼女も、少しでも長く味わいたいようにすぐには動かずに、ゆっくりと身を重ねてきた。

見ると、色づいた乳首から、また母乳の雫が滲み出ていた。

「顔にかけて……」

言うと淳子も豊かな胸を突き出し、指で自ら乳首を摘んで母乳を絞り出してくれた。

ポタポタと滴る雫を舌に受けると、さらに無数の乳腺から霧状になった母乳が彼の顔中に生ぬるく降りかかり、甘ったるい匂いが包み込んだ。

兎彦は匂いに酔いしれながら顔を上げ、左右の濡れた乳首を含んで舐め回し、膣内のペニスをヒクヒクと震わせた。

「ああ、動いてるわ……」

淳子は言って収縮を活発にさせ、ようやく徐々に腰を動かしはじめた。

彼も股間を突き上げると、たちまち互いの動きが一致した。

クチュクチュと淫らに湿った摩擦音が聞こえ、溢れる愛液が律動を滑らかにさせ、彼の肛門の方にまで伝い流れた。

そして淳子は、動きながら上からピッタリと唇を重ねてきた。

舌をからめると、生温かな唾液に濡れた舌が滑らかに蠢き、彼の口の中を隅々まで舐め回した。

両手が自由なので下から回してしがみつき、なおも股間を突き上げると、

「アア……、いい気持ち、すぐいきそうよ……」

淳子が口を離して熱く喘いだ。

「ね、唾を飲ませて……」

「何でも飲むのが好きなのね」

せがむと淳子が答え、彼の口にトロトロと生温かな唾液を吐き出してくれた。

それを味わい、うっとりと喉を潤すと甘美な悦びが胸に広がり、ジワジワと絶頂が迫ってきた。

「顔中も唾でヌルヌルにして……」

さらに言うと、淳子も息を弾ませて舌を這わせ、顔中を濡らした母乳を舐め取りながら、今度は唾液でヌラヌラとまみれさせてくれた。

淳子の吐息は花粉のような甘い匂いを含み、嗅ぐたびに鼻腔の天井が悩ましく

刺激された。

「い、いっちゃう……、アアーッ……！」

たちまち淳子が声を上ずらせ、収縮を強めながらガクガクと狂おしいオルガスムスの痙攣を開始してしまった。

やはり出産以来、あまり夫婦生活もしていなかったようで、相当に欲求が溜まっていたのだろう。

同時に兎彦も、彼女の絶頂に巻き込まれるように昇り詰めてしまった。

「く……！」

突き上がる大きな快感に呻きながら、熱い大量のザーメンをドクンドクンとほとばしらせると、

「あう、もっと……！」

奥深くに噴出を感じた淳子が、駄目押しの快感の中で呻き、さらに締め付けを強めてきた。兎彦も、心ゆくまで快感を噛み締め、最後の一滴まで出し尽くしていった。

そして満足しながら突き上げを弱めると、彼女も硬直を解いていった。

「アア……、良かったわ、すごく……。明日香が夢中になるのも無理ないわ」

淳子が力を抜き、言いながら体重を預けてきた。

まだ膣内が名残惜しげに収縮し、刺激されたペニスがヒクヒクと過敏に膣内で跳ね上がった。

兎彦は彼女の重みを受け止め、熱く甘い息を嗅ぎながら、うっとりと快感の余韻を味わったのだった。

3

「こっち向いて、片方の手を腰に当てて」

千絵が言い、全裸の兎彦は言われるままポーズを取った。

今日は美術科の女子大生が五人ほど集まり、裸体デッサンに協力させられていたのだ。

音頭を取ったのは四年生の千絵で、メンバーの中には早希もいた。

残りの三人は二、三年生で、もちろん兎彦とも顔見知りの可憐な二十歳前後だった。

男子がいないのは幸いで、また千絵もそのように手配してくれたのだろう。

兎彦は懸命に勃起を堪え、五人の視線を受けながら胸を高鳴らせていた。

もちろんポーズが決まると、五人は真剣にデッサンを開始し、しばし木炭を走らせる音だけが聞こえた。

他の人は来ない狭い部屋なので、たちまち室内には五人分の甘ったるい体臭が生ぬるく立ち籠めはじめ、その刺激が彼の股間に響いていた。

五人とも、手早く描きながら、たまに目を上げて彼の全身のあちこちに視線を注いでいた。

千絵と早希以外の三人も、すでに処女ではないようだが、やはり大勢で一人の男子の全裸を注視するという状況に、ほんのり頬を染めていた。

やがて立ち姿を描き終えると、また千絵が指示を出した。

「机の上に寝て、脚を開いて」

「こ、こうかな……?」

兎彦は羞恥を堪えながら、拒まず言われた通り仰向けになり、脚をM字に開いた。すると五人ともが、彼の股間の良く見える位置に、椅子ごと移動してきたのである。

「やっぱりニコタマ大学だから、タマタマを描きたいわよね」

清楚なメガネ美女の千絵が大胆に言うと、他の子たちも失笑しながら再び真剣に描きはじめた。

兎彦は、ペニスと陰嚢と肛門に五人の視線を感じ、とうとう我慢しきれずにムクムクと勃起してきてしまったのだった。

皆、彼の変化に気づいたが声は洩らさなかった。それでも声にならぬ興奮の気配が兎彦にも伝わってきた。

中には、萎えているペニスを消して、勃起した形状に描き直す子もいた。

やがて仰向けの姿を描き終えると、

「ね、横向きになって、オナニーしている姿を取ってみて。中にはマンガ家志望の子もいるから、そうしたポーズも描いておいた方が参考になるかも知れないだろうから」

千絵が言い、兎彦ももう勃起してしまったのだから仕方がないと、素直に横向きになって左手で肘枕し、右手でペニスを握った。

「わあ、そういう格好でするのね」

誰かが言い、また五人は真剣にデッサンしはじめた。

もちろん動作は必要ないので、兎彦はペニスを握ったポーズだけで、動かしはしなかった。

やがて描き終えると、兎彦も身を起こしてほっと一息ついた。小一時間の約束だったので、これで終わりだろう。

「じゃ、私と早希は護身サークルに行くので、三人で彼にコーヒーでも買ってきてあげて」

千絵が言い、早希も後片付けをすると、明日香の待っている道場へと出向いていった。

「まだ着ないで。もう少し付き合って欲しいの」

千絵と早希が出ていくと、三年生の一人が興奮冷めやらぬ様子で言った。

三年生で二十歳の彼女は香苗《かなえ》と言い、ぽっちゃり型でボブカットの子だ。

他の二人は十九歳の二年生、ソバカスの可憐な方が弓子《ゆみこ》、ツインテールが安奈《あんな》と言った。

「ね、からむところを描きたいのだけど、弓子も脱いでくれる？」

「い、いいけど、私だけ裸は嫌よ」

香苗が言うと、弓子はモジモジしながら答えた。

「分かったわ。みんな脱いで、順々にポーズを取って描きましょう」

香苗が、ドアをロックしてから言い、ためらいなく脱ぎはじめた。

するとと弓子も安奈も手早く脱ぎ去り、たちまち熱気が立ち籠めて、兎彦を含む四人とも全裸になってしまった。

兎彦が、再び毛布の敷かれた大きな机の上に乗ると、ほっそりした色白の弓子も上ってきた。

セミロングの黒髪に上品な顔立ち、色白の胸元にも淡いソバカスがあり、乳房はあまり豊かではないが張りがあって感じやすそうだった。

恥毛は淡く、尻と太腿だけはムッチリと健康的だった。

「じゃ、添い寝して、ペニスを握って、キスも出来る？」

香苗が言う。どうやら彼女がマンガ家志望で、エッチなシーンも多く描くらしく参考にしたいらしい。

すると弓子が、やんわりとペニスを手のひらに包み込み、上からそっと顔を寄せ、ためらいなく唇を触れ合わせてきたのだ。

義務感に燃えてモデルに徹しているのか、それとも彼の全裸を見てデッサンしながら興奮を高めていたのかも知れない。

動きも愛撫も必要ないから、触れたままじっとしているのも妙な興奮が湧いてしまった。

弓子の唇は柔らかく、鼻から洩れる息は無臭に近いが彼の鼻腔を熱く湿らせ、ほんのりと唇で乾いた唾液の香りも感じられた。

二人は、また真剣に二人を描きはじめた。

「玉川さん、弓子のオッパイを揉んで」

一通り描くと香苗が言い、兎彦も弓子の膨らみに手のひらを這わせ、指の腹でぽっちりした乳首をいじった。

「アア……」

弓子が口を離して微かに喘いだ。熱く湿り気ある息が口から吐き出されると、淡く甘酸っぱい果実臭が感じられた。

「その表情いいわ、弓子」

香苗が言うと、弓子も喘いだまま懸命に身動きを止めた。

あまり我慢させるのも悪いので兎彦も乳首への愛撫を止めたが、腋からは何とも甘ったるい汗の匂いが漂ってきた。

「玉川さん、弓子の乳首を舐めて、割れ目もいじって」

香苗が言うと、兎彦もピンクの乳首にチュッと吸い付き、舌で転がしながら割れ目を指で探った。すると、すでに陰唇は大量の愛液にまみれ、すぐにも指の動きがヌラヌラと滑らかになった。

「ああ……、ダメ……」

弓子がクネクネと身悶えて喘ぎ、お返しするようにニギニギとペニスを愛撫しはじめた。

兎彦は乳首を吸い、甘ったるい体臭と甘酸っぱい吐息に包まれながら興奮を高めていった。

すると熱心に描いていた安奈も息を弾ませ、もう木炭を握っていられないほど興奮しているようだった。

「いいわ、安奈も参加して」

香苗に言われ、安奈は木炭を置くと濡れナプキンで手を拭き、すぐにも机に上ってきた。

愛らしい若作りの、ぽっちゃりツインテールだ。

「好きなように三人でからんでみて、出来れば女の子の方が積極的に、玉川さんは受け身で」

マンガ家志望の香苗だけは興奮を抑え、滅多にない機会にスケッチを続けた。

安奈と弓子は、仰向けにさせた兎彦の左右から添い寝してきた。

兎彦は、早希と千絵との３Ｐを思い出し、また贅沢な状況が得られて激しく胸を高鳴らせた。

安奈が唇を重ねてきたので、兎彦はグミ感覚の唇を味わいながら、弓子の顔も引き寄せ、三人同時に唇を重ねた。

「いいわね、それ。なるべくベロを出して、触れ合わせるところを見せて」

香苗が言うと、弓子も安奈もチロリと舌を伸ばしてきたので、兎彦もからみつけ、それぞれの滑らかな感触を味わった。

安奈の吐息も甘酸っぱい匂いが濃く、弓子の控えめな匂いと混じって彼の鼻腔を刺激してきた。

二人が下向きだから、舌をからめている間にも生温かな唾液が混じり合ってトロトロと滴り、彼もうっとりと味わって喉を潤した。

そして二人の乳首をいじると、

「あん……」

安奈も敏感にビクッと反応し、可憐な声を洩らした。

ぽっちゃり型の安奈は汗っかきらしく、乳房も豊かで谷間が汗ばみ、腋からも濃厚に甘ったるい匂いが漂って彼を酔わせた。

そして安奈も、弓子と一緒にペニスや陰嚢をいじり、兎彦は二人分の愛撫と、混じり合った吐息と唾液を味わいながらヒクヒクと幹を震わせて高まっていったのだった。

4

「ペニスおしゃぶりできるかしら？　それから玉川さんの顔にも割れ目を押し付けてみて」

香苗も頬を上気させ、描きながら興奮を高めて言った。

兎彦が期待しながら身を投げ出していると、弓子がためらいなく彼の顔に跨がり、安奈も平気でペニスに顔を寄せてきた。

誰もが、淫らで妖しい雰囲気に呑まれ、積極的に本能的な行動を起こしているようだ。

亀頭がパクッとくわえられ、生温かな舌がヌラヌラとからみついてきた。

そして兎彦の鼻先に弓子の割れ目が迫り、彼も淡い茂みに鼻を埋め込み、蒸れた汗とオシッコの匂いを貪りながら、濡れた柔肉に舌を挿し入れて味わった。

クリトリスを舐めると、

「アアッ……！」

弓子が熱く喘ぎ、さらにネットリとした愛液を漏らしてきた。

「ンン……」

安奈も喉の奥までスッポリと呑み込んで熱く鼻を鳴らし、吸い付きながら舌をからめ、彼の股間に息を籠もらせた。

弓子はしゃがみ込んでいられず、彼の顔の左右に両膝を突き、自分で加減しながら押し付けたり離したりしていた。

その間も、全裸の香苗が夢中で木炭を走らせる音をさせ、まるでデッサンで情事に参加しているようだった。

さらに兎彦は弓子の尻の真下に潜り込み、顔中に弾力ある双丘を受け止めながら、谷間の可憐な蕾に鼻を埋め、蒸れて籠もる微香を貪った。

そして舌を這わせ、ヌルッと潜り込ませて滑らかな粘膜を探ると、

「あう……、ダメ……」

弓子が、初めての体験らしく呻き、キュッと肛門で舌先を締め付けてきた。

見ていた香苗も息を呑み、それでも手早く描き、早く仕上げて参加したいようだった。

安奈は吸い付きながらチュパッと口を離し、陰嚢にも舌を這わせて睾丸を転がしてくれた。

「二人交代してみて」

香苗が言うと、安奈が股間から這い出して身を起こし、弓子も股間を引き離して移動していった。今度は弓子が安奈の唾液にまみれたペニスにしゃぶり付き、彼は微妙に異なる温もりと感触を味わった。

そして安奈が和式トイレスタイルで彼の顔に跨がってしゃがむと、ぷっくりと丸みを帯びた割れ目が鼻先に迫ってきた。

腰を抱き寄せて恥毛に鼻を埋めると、甘ったるい汗の匂いが実に濃く籠もり、鼻腔を悩ましく刺激してきた。

舌を這わせると、安奈も弓子に負けないほど大量の愛液が溢れ、彼は淡い酸味のヌメリを掬《すく》い取りながら膣口からクリトリスまで舐め上げていった。

「あん、いい気持ち……！」

安奈が熱く喘ぎ、ギュッと股間を押しつけてきた。

兎彦は味と匂いを堪能してから、同じように尻の真下に潜り込み、豊満な双丘を顔中に受けながら谷間の蕾に鼻を埋め、蒸れた生々しい微香を貪ってから舌を這わせた。

「あう……」

ヌルッと潜り込ませ、滑らかな粘膜を味わうと安奈が呻き、キュッときつく肛門で舌を締め付けてきた。

その間も、弓子がスッポリと喉の奥まで呑み込み、股間に熱い息を籠もらせながら吸い付いて舌をからめた。

すると、ようやく香苗も木炭を置いて手を拭き、机に上ってきたのだ。

「ね、私にも……」

香苗が言うと、すぐに安奈が先輩のため場所を空け、弓子と一緒にペニスの方へ移動していった。

香苗も兎彦の顔に跨がってしゃがみ、割れ目を迫らせてきた。

見ながらすっかり下地が出来上がっているように、彼女の割れ目も愛液が大洪水となり、自分から股間を彼の鼻と口に押し付けてきたのだ。

恥毛の丘が鼻に擦りつけられると、今までで一番濃厚な匂いが籠もり、兎彦の鼻腔を悩ましく刺激してきた。

彼は胸いっぱいに嗅ぎながら舌を這わせ、大量のヌメリをすすりながら、膣口から大きめのクリトリスまで舐め上げていった。

「アア……、いいわ……！」

香苗が喘ぎ、その間も弓子と安奈が彼のペニスや陰嚢を舐め回していた。

兎彦は充分に香苗のクリトリスを舐め回し、尻の真下に潜り込んで微香の籠もる蕾も舐め回して潜り込ませた。

「あう、こんなの初めて……！」

香苗が呻き、モグモグと肛門で舌先を締め付けた。どの子の彼氏も、肛門を舐めないようなダメ男ばかりらしい。

やがて前も後ろも舐めると香苗が股間を離し、兎彦の顔に乳房を押し付けてきた。彼が乳首を含んで舐め回し、両の乳首を味わうと、弓子と安奈も移動して、彼の顔に胸の膨らみを密着させてきた。

兎彦も順々に三人分の両の乳首を含んで舌で転がし、顔中でそれぞれの膨らみを味わった。

三人とも、一対一でじっくり味わいたい美形なのに、性急に食い散らかすのも実に贅沢なことであった。

さらに兎彦は、三人の汗ばんだ腋の下にも順々に鼻を埋め、甘ったるい濃厚な匂いを胸いっぱいに吸収した。微妙に異なる匂いだが、混じり合うと何とも濃い刺激となって鼻腔が満たされた。

「入れたいわ。私が一番でいい？」

香苗が言い、二人分の唾液に湿ったペニスにしゃぶり付いてヌメリを補充してから跨がってきた。

先端に割れ目を押し当てて位置を定めると、息を詰めてゆっくりペニスを膣口に受け入れていった。

そんな様子を、左右から弓子と安奈が熱っぽい眼差しで見守っていた。

屹立したペニスがヌルヌルッと根元まで呑み込まれてゆくと、

「アアッ……！」

香苗がビクッと顔を仰け反らせて喘ぎ、完全に座り込んでピッタリと股間を密着させた。兎彦も、肉襞の摩擦と熱い温もり、きつい締め付けと潤いを感じながら快感を味わった。

香苗はグリグリと股間を擦り付けて動かしながら、身を重ねてきたので兎彦も抱き留めると、彼女は上からピッタリと唇を重ねてきた。

柔らかな唇が密着し、ネットリと舌がからみついた。

兎彦が生温かな唾液をすすりながらズンズンと股間を突き上げると、

「い、いきそう……」

すっかり高まっていた香苗が口を離して言った。

口から吐き出される息は熱く湿り気を含み、濃厚な果実臭を含んで彼の鼻腔を刺激してきた。

彼も急激に高まり、左右にいる弓子と安奈の顔も引き寄せ、それぞれの舌を順々に舐め回し、混じり合った甘酸っぱい吐息を嗅いだ。

するど、先に香苗がガクガクとオルガスムスの痙攣を開始した。

「い、いく、気持ちいいわ……、アアーッ……！」

声を上ずらせ、膣内を収縮させながら狂おしく悶えた。

とうとう兎彦も昇り詰め、大きな絶頂の快感に全身を貫かれながら、熱いザーメンをドクンドクンとほとばしらせてしまった。

「あう、感じる……！」

奥深くに噴出を受け止めた香苗が口走り、呑み込むようにキュッキュッと膣内を締め付けた。まるで歯のない口にペニスを含まれ、舌鼓でも打たれているような快感である。

兎彦は贅沢な快感を噛み締め、心置きなく最後の一滴まで出し尽くしてしまった。そして満足しながら突き上げを弱めていくと、

「アア……」

香苗も声を洩らし、肌の硬直を解いてグッタリともたれかかってきた。

兎彦は息づくように収縮する内部で、ヒクヒクと過敏に幹を跳ね上げ、荒い呼吸を繰り返した。

「すごく良かったわ……、二人が見ているとなおさら……」

香苗が息も絶えだえになって言い、そろそろと股間を引き離していった。

「どうすれば、すぐ勃つかしら」

安奈が、可憐な声で囁いてきた。

「あ、足の指の匂いを嗅がせて……」

余韻に浸る暇もなく兎彦が答えると、

「まあ、そんなことを……」

安奈が驚いたように言ったが、弓子と顔を見合わせてすぐに立ち上がった。

そして互いに掴まってバランスを取りながら、そろそろと片方の足を浮かせ、恐る恐る兎彦の顔に乗せてくれたのだ。

彼は二人分の足裏を顔中に感じながら、踵や土踏まずに舌を這わせ、指の間に鼻を割り込ませて嗅いだ。

5

「あん……、くすぐったいわ……」

安奈がガクガクと膝を震わせて言い、兎彦は二人分の蒸れた匂いを貪り、順々に爪先にしゃぶり付いてやった。

「アア……」

弓子も熱く喘ぎ、彼の口の中で指を縮めた。

やがて二人の指の股を充分に味わうと、足を交代させ、そちらも味と匂いが薄れるほど貪り尽くしたのだった。

「私にも……」

すると、呼吸を整えた香苗が言い、彼の顔に足を伸ばしてきたのだ。

やはり早希と千絵のときも思ったが、女性が複数いる場合は全て平等に愛撫しないといけないようだ。

兎彦は香苗の両の足の裏も舐め回し、全ての指の股を嗅いで蒸れた匂いに酔いしれ、爪先をしゃぶり尽くしてやった。

「だんだん勃ってきたわ……」

安奈が言い、香苗の愛液とザーメンにまみれた亀頭をしゃぶってくれた。

もう無反応期も過ぎたので、兎彦も過敏に腰をよじることもなく、安奈の口の中でムクムクと回復していった。

「唾を飲ませて……」

兎彦が弓子の顔を引き寄せて言うと、安奈と香苗もすぐに顔を寄せてきた。

みな懸命に口中に唾液を分泌させると、順々にトロリと彼の口に唾液を吐き出してくれた。

兎彦は、白っぽく小泡の多い唾液を口に受けたが、三人分となるとかなりの量で、何度かに分けて飲み込んで酔いしれた。

「わあ、美味しいのかしら……」

安奈が言い、出なくなるまでクチュッと垂らしてくれた。

てくれた。

「顔中もヌルヌルにして……」

さらにせがむと、三人は彼の顔に唾液を垂らし、顔を寄せ合って舌で塗り付け
「ああ、気持ちいい……」

兎彦は三人分のミックス唾液で生温かく顔中まみれ、混じり合った悩ましい口臭と唾液の匂いに包まれながら、完全に元の硬さと大きさを取り戻した。

「入れてもいい？」

大人しげな顔をした弓子が言ってペニスに跨がり、先端を受け入れてヌルヌルッと根元まで嵌め込んでいった。

「アア……！」

弓子が色っぽい表情で喘ぎ、味わうようにキュッキュッと締め付けてきた。

兎彦も温もりと感触を味わい、ズンズンと股間を突き上げたが、まだ安奈が控えているし、すぐに暴発する心配もなさそうだった。

すると弓子が彼の胸に両手を突っ張り、上体を反らせたまま執拗に腰を遣いはじめた。

どうやら身を重ねるより、この方が亀頭の張り出したカリ首が膣内の天井を擦

り、その感触が好きなようだった。

クチュクチュと湿った摩擦音が聞こえ、弓子は大量の愛液を漏らしながらガクガクと狂おしい痙攣を開始して収縮を強めていった。

「ああ……、い、いく……！」

たちまち弓子が声を上げ、激しく悶えてペニスを締め上げてきた。

「すごい、弓子はこんなふうにいくのね……」

安奈が見ながら呟き、兎彦は辛うじて漏らさずに保つことが出来た。

「アア……、良かったわ……」

弓子も声を洩らしながら突っ伏し、それ以上の刺激を拒むようにすぐ股間を引き離してきた。

「良かった。まだいってないわ……」

安奈が言って跨がり、二人分の愛液にまみれたペニスをゆっくり膣口に受け入れて座り込んだ。

兎彦は、立て続けに三人の膣内を味わったが、安奈の温もりが一番熱く、締め付けも激しかった。

「アア……、いい気持ち……！」

安奈が顔を仰け反らせ、ツインテールを揺らしながら完全に股間を密着させて喘いだ。

兎彦も快感を味わい、両手を伸ばして彼女を抱き寄せた。

さらに満足している弓子と香苗も左右から顔を寄せさせ、耳や頬を舐めてもらった。

ズンズンと股間を突き上げると、

「ああ、すぐいきそう……！」

安奈も腰を遣いながら熱く喘ぎ、トロトロと大量に漏らす愛液で律動を滑らかにさせ、互いの股間をビショビショにさせた。やはりぽっちゃり型だから、三人の中では最もジューシーのようだ。

弓子と香苗も交互に彼の舌を舐め、安奈も割り込むように真上から舌を這わせてきた。

兎彦は、また混じり合った三人分の唾液と吐息に酔いしれながら、突き上げを激しくさせていった。3Pも夢のような体験だったが、4Pとなると、上と左右から顔が迫り、心ゆくまで舌をからめることが出来た。

呼吸をしても、それは全て三人の吐息の匂いが含まれ、鼻腔から胸まで甘酸っぱい匂いが満ちていった。

とうとう兎彦は、立て続けの絶頂を迎えてしまい、大きな快感に全身を包み込まれた。

「く……！」

呻きながら、ありったけの熱いザーメンをドクドクと勢いよく注入すると、

「あん、いっちゃう、アアーッ……！」

噴出を感じた安奈もスイッチが入ったように喘ぎ、ガクガクと狂おしい痙攣を繰り返しはじめた。

きつく締まる膣内で彼は快感を噛み締め、心置きなく最後の一滴まで出し尽くしていった。そして満足しながら動きを弱めていくと、

「ああ、もうダメ……！」

安奈も声を洩らし、力尽きたようにグッタリと体重を預けてきた。

兎彦は重みを受け止め、上と左右から密着する温もりを感じながら、まだ息づく膣内でヒクヒクと過敏に幹を跳ね上げた。

「あう、まだ動いてる……」

安奈が駄目押しの快感を得たように呻き、きつく締め上げてきた。

そして兎彦は、三人分のかぐわしい吐息を胸いっぱいに嗅ぎながら、うっとりと快感の余韻に浸り込んでいったのだった。

「ああ、気持ち良かった……」

突っ伏していた安奈が言い、ようやくノロノロと股間を引き離した。

さすがに美術科教室の連なりの一画にはシャワーなどないから、先に息を吹き返している香苗と弓子が顔を寄せ合い、愛液とザーメンにまみれたペニスを舌で綺麗にしてくれた。

「く……、も、もういいよ、有難う……」

兎彦はクネクネと腰をよじらせながら言った。

すると香苗がペニスをティッシュに包み込んで拭い、他の子たちも自分で割れ目を拭き清めた。

ようやく起き上がった兎彦は、身繕いをしてから、香苗の描いた数枚のデッサンを見てみた。さすがに上手く、複数プレイの体位や表情までが、少々マンガ風にデフォルメされて描かれていた。

「すごいね、とっても上手だよ」

「ええ、有難う。今度は一対一で会ってくれる？」

「うん、もちろん」

兎彦は答え、三人相手はあまりに贅沢なので、今度は一人一人と個別にじっくり会おうと思った。

「じゃ、これで僕は帰るね」

「顔中私たちの唾でヌルヌルよ」

「ああ、残り香を感じながら歩くから」

彼は答え、美術教室を出た。

明日香や早希、千絵たちのいる護身サークルに寄ってみようかとも思ったが、もう今日は充分なので、誰にも会わずに帰ることにした。

行けば、また誰かと始まってしまうだろうし、柔道部の沙弥香もいるかも知れない。

やがて大学を出ると、兎彦はどこへも寄らずに真っ直ぐアパートへ戻り、シャワーを浴びた。

そういえば、ここ最近全くオナニーをしていなかった。それほど女性運に恵まれ続けているのである。

自分の中にいる虎彦のことも、恐らく心理カウンセラーの専門家である淳子にも、いや、どんな名医にも解明はされることはなく、きっと謎のまま終わることだろう。

やがて彼は冷凍物で夕食を済ませると、また明日も良いことがあるのを信じ、オナニーもせず早めに寝たのだった。

第六章　幸運の日々よいつまで

1

「ふうん、ここで暮らしているのね」

淳子が、兎彦のアパートに来て言った。やはり面談ばかりでなく、住まいにも興味があるようだった。

「きちんと片付いているわね」

「ええ、整頓はしてるけど清掃は滅多にしてません」

「男の子なら、そんなものでしょう」

淳子は室内を見回して言い、兎彦もゾクゾクと期待に股間が熱くなってきた。

どうせセックスできるだろうから、机の下にでもＤＶＤカメラをセットして盗撮しようかと思ったが、あまりオナニーはしなくなっているし、淳子も室内をつぶさに観察するだろうから止しておいた。

もちろん兎彦は、彼女から来るというラインをもらってから、すでにシャワーも浴びて全身を綺麗にしておいた。

淳子もその気で来たようで、あまり話などせずに、熱っぽい眼差しを彼に向けていた。そして興奮を高めているように、今日も甘ったるい匂いを濃く漂わせていた。

「ね、脱ぎましょう」

「ええ、やっぱり検診台よりお布団の方がいいわね」

促すと、淳子も言いながらブラウスのボタンを外していった。

脱いでゆくと、さらに濃厚な匂いが室内に立ち籠めはじめ、彼も手早く全裸になって布団に横たわった。

「このお布団で、明日香と初体験したの？」

「そうです」

答えて見上げると、今日も淳子は色っぽい黒のブラとショーツだった。

やがてそれも脱ぎ去り、見事な肢体を露わにし、メガネだけ掛けたまま添い寝してきた。

兎彦は甘えるように腕枕してもらい、豊かな膨らみに迫った。

濃く色づいた乳首からは、ポツンと白濁の雫が滲んでいた。

「もう、あまり出なくなっているわ。今日で最後かも」

淳子が囁き、自ら膨らみを揉みしだくと母乳の雫が脹らんだ。

兎彦は匂いに誘われるように顔を埋め、チュッと含んで舌で転がしながら、顔中で柔らかな膨らみを味わった。

強く吸うと、生ぬるく薄甘い母乳が滲み、心地よく舌を濡らしてきた。

ある程度吸い出してから飲み込むと、甘美な悦びとともに、甘ったるい匂いが胸いっぱいに広がった。

「アア……、もっと飲んで……」

淳子が膨らみを揉みしだきながら喘ぎ、仰向けの受け身体勢になっていった。

それでも前回ほどの分泌は認められず、兎彦は味と匂いを味わってから、もう片方の乳首に吸い付いていった。

そちらも生ぬるい母乳が滲んで、彼は味わって喉を潤してから、淳子の腕を差し上げて腋の下に鼻を埋め込んだ。母乳とは微妙に異なる甘ったるい汗の匂いが濃厚に籠もり、彼はうっとりと酔いしれながら、蒸れて湿った腋の下に舌を這わせた。

「あう、ダメ、くすぐったいわ……」

淳子がクネクネと身悶え、兎彦も残り香の中で脇腹を舐め降り、張りのある腹部に顔を押し付けて弾力を味わい、形良い臍を舌で探った。

豊かな腰のラインからムッチリした太腿へ降り、スベスベの脚を舐め降りて足首までたどると、足裏に回り込んで舌を這わせた。

形良く揃った指の間に鼻を割り込ませて嗅ぐと、やはり今日もそこは生ぬるい汗と脂にジットリ湿り、蒸れた匂いが濃く沁み付いていた。

美女の足の匂いを充分に嗅いでから爪先をしゃぶり、全ての指の股に舌を割り込ませて味わうと、

「ああッ……！」

淳子が腰をくねらせて喘いだ。彼は両足とも、味と匂いを貪り尽くし、やがて大股開きにさせて脚の内側を舐め上げ、股間に迫っていった。

白く滑らかな内腿をたどり、割れ目を覗き込むと、はみ出した陰唇は水飴でも垂らしたようにネットリと潤い、悩ましい匂いを含む熱気と湿り気が、渦巻くように籠もっていた。

指で広げると、膣口の襞が息づき、大きなクリトリスが突き立っていた。みな同じようで違い、誰もみな美しく艶めかしい花弁を持っていた。

柔らかな茂みに鼻を埋め込んで嗅ぐと、生ぬるい汗とオシッコの匂いがムレムレになって悩ましく籠もり、うっとりと鼻腔を刺激してきた。

兎彦は胸を満たしながら舌を這わせ、淡い酸味のヌメリで膣口の襞を掻き回してから、ゆっくりとクリトリスまで舐め上げていった。

「アア、いい気持ち……！」

淳子が身を弓なりに反らせて喘ぎ、内腿でキュッときつく彼の両頬を挟み付けてきた。

兎彦は腰を抱え込み、上の歯で包皮を剥き、完全に露出したクリトリスを、乳首でも吸うように執拗に愛撫した。

さらに両脚を浮かせ、白く豊満な尻の谷間に迫った。顔中を弾力ある双丘に密着させ、ピンクの蕾に鼻を埋めて蒸れた微香を嗅ぎ、チロチロと舌を這わせて襞を濡らし、ヌルッと潜り込ませて粘膜を探った。

「く……！」

淳子が呻き、キュッときつく肛門で舌先を締め付けてきた。兎彦も内部で舌を蠢かせ、滑らかな感触を味わった。

そして出し入れするように小刻みに動かしてから、ようやく脚を下ろし、愛液が大洪水になっている割れ目に戻り、再びクリトリスに吸い付いた。

「あう……、も、もういいわ、今度は私が……」

絶頂を迫らせたらしい淳子が呻いて身を起こし、彼の顔を股間から追い出しにかかった。

兎彦も離れて横になると、彼女は入れ替わりに上からのしかかってきた。

まず仰向けになった彼の乳首に吸い付き、熱い息で肌をくすぐりながら舌を這い回らせた。

「アア、噛んで……」

受け身に転じた兎彦が言うと、彼女も綺麗な歯並びでキュッと乳首を挟んでくれた。

そして左右の乳首を舌と歯で愛撫すると、彼の肌を舐め降り、大股開きになった真ん中に腹這い、股間に顔を寄せてきた。

すると兎彦の両脚を浮かせ、自分がされたようにまず尻の谷間を舐め回してくれた。熱い鼻息が陰嚢をくすぐり、舌がチロチロと蠢き、そのままヌルッと潜り込んできた。

「く……、気持ちいい……」

兎彦は呻き、キュッキュッと味わうように美女の舌先を肛門で締め付けた。

淳子も舌を動かし、脚を下ろすと陰嚢にしゃぶり付いた。

二つの睾丸を舌で転がし、袋全体が生温かな唾液にまみれると、身を乗り出して肉棒の裏側を舐め上げてきた。

滑らかな舌が先端まで来ると、彼女は幹に指を添え、粘液の滲む尿道口を舐め回し、丸く開いた口でスッポリと根元まで呑み込んでいった。

生温かく濡れた口腔に深々と含まれ、彼はヒクヒクと快感に幹を震わせた。

「ンン……」

淳子も熱い鼻息で恥毛をそよがせ、口を締め付けて吸い、クチュクチュと舌をからめてペニスを唾液にまみれさせた。

「ああ……」

兎彦が快感に喘ぎながら、無意識にズンズンと股間を突き上げると、彼女も顔を小刻みに上下させ、濡れた口でスポスポと強烈な摩擦を開始した。

「い、いきそう……」

彼が言うと、すぐにも淳子はスポンと口を引き離し、

「上からいいかしら」

言うなり前進してペニスに跨がってきた。前回は不安定な検診台の上だったので、今度は落ち着いて先端を膣口に受け入れ、味わうようにゆっくりと腰を沈み込ませていった。

たちまち勃起したペニスはヌルヌルッと滑らかな肉襞の摩擦を受け、根元までピッタリと嵌まり込んだ。

「アア……、いい気持ち……」

淳子が顔を仰け反らせて喘ぎ、密着した股間をグリグリ擦り付けながら、すぐにも身を重ねてきた。

兎彦も温もりと感触を味わいながら、両手を回してしがみつき、僅かに両膝を立てた。彼が股間を突き上げると、淳子も腰を遣って合わせ、大量の愛液を漏らして動きを滑らかにさせた。

唇を求めると淳子も上からピッタリと唇を重ね、舌をからめて熱い息を弾ませた。兎彦は生温かな唾液をすすり、甘い花粉臭の吐息を嗅ぎながら急激に高まっていった。

「アア……、いきそうよ……」

淳子が口を離し、淫らに唾液の糸を引きながら喘ぎ、収縮を活発にさせていた。

兎彦も、口から吐き出される濃厚な息を嗅ぎながら、摩擦の中で昇り詰めてしまった。

「く……！」

絶頂の快感に呻き、熱いザーメンを勢いよくほとばしらせると、

「い、いく……、アアーッ……！」

噴出を受けると同時に淳子も声を上ずらせ、ガクガクと狂おしいオルガスムスの痙攣を開始した。

彼は締まる膣内で心ゆくまで快感を味わい、最後の一滴まで出し尽くしていった。そして突き上げを弱めていくと、

「アア……」

淳子も満足げに声を洩らし、肌の硬直を解いてグッタリと体重を預けてきた。

彼は重みと温もりを受け止め、息づく膣内に刺激されてヒクヒクと過敏に幹を震わせた。

そして熱く湿り気ある、濃厚な花粉臭の吐息を胸いっぱいに嗅ぎながら、うっとりと快感の余韻を味わったのだった……。

2

「ね、付き合って。今日は一対一で」

「え……、まさか、千絵さん……？」

学内で声を掛けられた兎彦は、ショートカットでメガネもかけず、ジーンズ姿の女性が千絵だと気づくのに少し時間がかかった。

「イ、イメチェン……？」

「ええ、私の中にいる千香の望むようなコスチュームにしてみたの」

「あの綺麗な長い髪を切るなんて大胆な……」

兎彦は驚きながら、別人のような新鮮さを覚えながら、一緒に彼女のハイツへと行った。

上がり込むと千絵がドアをロックし、すぐにも一緒に脱ぎはじめた。

「早希との三人も良いけど、やっぱり一対一が一番ね」

千絵が、見る見る肌を露わにしていきながら言った。

それは、兎彦も同じ考えである。

複数プレイというのはスポーツかゲーム感覚で、滅多にないお祭りのようなものだ。やはり本来の秘め事というものは、密室で一対一でするのが最も淫靡《いんび》であろう。

二人はほぼ同時に全裸になり、千絵の体臭の沁み付いたベッドに横になった。

「見て」

メガネでなくコンタクトにしたらしい千絵が言い、腕を差し上げて腋の下を見せると、そこは手入れされてスベスベになっていた。

「わあ、まさか脛も……？」

兎彦が驚いて確認すると、千絵は腋も脛も脱毛して滑らかになっていた。

股間を見ると、前は肛門の周りまで毛があったが今はなく、何やらもうギャップ萌え出来ないことに拍子抜けする思いだった。

「綺麗にしたのが気に入らない？」

「前のままで良かったのに。毛深いメガネ美女が好きだったから。でも、違う人を相手にするみたいで興奮するけど」

兎彦は失望と期待の両方を抱きながら、ピンピンに激しく勃起していった。

そして彼はスベスベの腋に鼻を埋めて嗅ぎ、甘ったるい汗の匂いを貪った。

舌を這わせ、乳首に移動して吸い付き、さらに脚の方に移動して滑らかな脛を舐め回した。

足指の股にも鼻を割り込ませ、生ぬるいムレムレの匂いを吸収してから爪先をしゃぶり、汗と脂の湿り気を味わった。

両足とも堪能すると、股間に顔を進めた。

千絵も身を投げ出し、すっかり期待に息を弾ませていた。

ほんのひとつまみほどに手入れされてしまった恥毛に鼻を埋めると、それでも汗とオシッコの匂いは悩ましく濃厚に籠もり、鼻腔を刺激してきた。

兎彦は胸を満たして嗅ぎながら舌を挿し入れ、息づく膣口の襞を掻き回し、ツンと勃起したクリトリスまで舐め上げていった。

「アア……」

千絵が顔を仰け反らせて喘ぎ、内腿で彼の顔を挟み付けてきた。

兎彦もチロチロと弾くようにクリトリスを刺激しては、新たにヌラヌラと溢れてくる蜜をすすった。

さらに両脚を浮かせ、尻の谷間に鼻を埋め、蕾に籠もった匂いを貪りながら悩ましく鼻腔を刺激された。

そして前も後ろも充分に舐め回すと、

「入れて……」

千絵が求めてきた。

兎彦は身を起こして彼女の胸に跨がり、先端を鼻先に突き付けた。やはり挿入の前には、少しでもしゃぶってもらわないと気が済まない。

千絵も顔を上げて先端を舐め回し、パクッと亀頭をくわえてきた。

そのまま奥まで押し込むと、

「ンン……」

喉の奥を突かれた千絵が眉をひそめて呻き、たっぷりと唾液を溢れさせてペニスをどっぷりと浸した。

彼は股間に熱い息を受けながら、まるで口とセックスするようにズンズンと動かし、唇の摩擦と舌の蠢きに高まった。

やがてスポンと引き抜き、再び彼女の股間に戻った兎彦は、幹に指を添えて先端を割れ目に押し当て、正常位でゆっくり挿入していった。

ヌルヌルッと滑らかに根元まで押し込むと、

「あう……、いい気持ち……」

千絵がうっとりと声を洩らし、キュッときつく締め付けてきた。

兎彦も股間を密着させ、温もりと感触を味わいながら身を重ねていった。

すると千絵が下から両手を回してしがみつき、待ちきれないように股間を突き上げてきた。

彼も千絵の肩に腕を回して肌を密着させ、胸の下で弾む乳房を味わいながら、徐々に腰を突き動かしていった。

すぐにも互いのリズムが滑らかになり、ピチャクチャと淫らに湿った摩擦音が響いてきた。

兎彦は上からピッタリと唇を重ね、別人のようにイメチェンした千絵と舌をからめ、生温かな唾液をすすった。

千絵もネットリと舌を蠢かせ、膣内の収縮を高めていった。

兎彦もいったん動くと、あまりの快感に、もうフィニッシュまで腰が止まらなくなってしまった。

摩擦音に混じり、濡れた陰嚢がぶつかる音も混じり、とうとう千絵も息苦しげに口を離して仰け反った。

「い、いきそうよ、もっと強く……！」

せがみながら、粗相したように大量の愛液を漏らした。

兎彦は彼女の喘ぐ口に鼻を押し込み、甘酸っぱい濃厚な吐息を胸いっぱいに嗅ぎながら高まった。

「しゃぶって……」

言うと千枝も舌を這わせ、彼の鼻の穴を舐め回して生温かな唾液にヌラヌラとまみれさせてくれた。

「い、いく……！」

兎彦は、千絵の唾液と吐息の匂いに昇り詰めて口走り、肉襞の摩擦の中で絶頂に達してしまった。同時に、ありったけの熱いザーメンがドクンドクンと内部にほとばしると、

「ああッ……、いっちゃう……！」

千絵も噴出を感じた途端に声を上ずらせ、ガクガクと狂おしいオルガスムスの痙攣を開始してしまった。

兎彦は心置きなく快感を味わい、最後の一滴まで出し尽くしても、なお萎えるまで股間をぶつけるように動き続けた。

「も、もういいわ……、変になりそう……」

千絵が降参するように、嫌々をして言うのでようやく彼も動きを止めてもたれかかった。

「アア……」

千絵が声を洩らし、肌の強ばりを解いてグッタリと四肢を投げ出していった。

兎彦も体重を預けながら、収縮する膣内でヒクヒクと過敏に幹を跳ね上げ、悩ましい吐息を嗅ぎながら、うっとりと快感の余韻を噛み締めた。

重なったまま、しばし荒い呼吸を繰り返していたが、

「千香が消え去ったみたい……」

千絵が、唐突に言った。

「そう……」

「私が千香の思い通りの外見と性格になると、もう千香は要らなくなったのね」

「そうかもしれない。僕の中にいる虎彦も、もういちいち指示してこなくなったから……」

兎彦は答え、熱い息遣いを整えた。

二人とも、内なる千香や虎彦というのが、自身の深層にある理想の姿だったのかも知れない。

それを受け入れたら、もう一人の自分は消え去った、というより一人になったということなのだろう。

やがて兎彦はノロノロと身を起こし、股間を引き離して添い寝した。

すると千絵が身を起こし、ティッシュで割れ目を処理しながら屈み込み、愛液とザーメンに濡れたペニスをしゃぶって綺麗にしてくれたのだった。

3

「前から来てみたかったの。このお部屋で暮らしているのね」

早希が、兎彦のアパートに来て言った。

彼は早くも、期待にムクムクと勃起しはじめていた。

何しろ今回は、早希から来ると連絡があったときから机の下にＤＶＤカメラを仕掛けているのである。

いかにオナニーと縁遠くなるほど女性運に恵まれているとはいえ、いつまでこれが続くか分からないのだ。だから、まずは可憐な早希の姿を盗撮し、残しておきたいと思ったのだった。

「そのスポーツバッグの中は？」

「今日は体育があったから、体操服が入ってるの」

「わあ、じゃ着てみて」

兎彦は、セーラー服のとき以上に興奮を高めて言った。

何しろ半年以上ぶりのセーラー服より、体操服には今日の汗が沁み込んでいるのである。

「湿ってるの着るの嫌だな……」

「とにかく、まず脱ごうね」

むずがるように言う美少女に答え、兎彦は先に自分から脱ぎはじめた。

すると早希もブラウスを脱ぎはじめ、甘ったるい匂いを揺らめかせた。

先に全裸になって見上げながら、兎彦は何度か机の下のカメラを確認した。

布団の上での、様々な体位を試しながら見てみたから、まず発見されることはないだろう。

早希はためらいなく最後の一枚まで脱ぎ去って全裸になると、バッグから出した白い半袖の体操服を着て、さらにブルマーではなく紺色の短パンを穿いた。

「あん、湿って気持ち悪いわ」

「すぐ脱いでいいから、少しだけ我慢してね」

「うん。二人きりだから、何だか前の三人のときよりドキドキして、何でも言うこときいちゃいそう……」

早希がモジモジして言った。やはり彼女も千絵と同じく、3Pよりも一対一の方がときめいているようだった。

「じゃ、こっちに立って足を顔に乗せてね」

兎彦は、可憐な早希に対しては、つい幼児にでも語りかける口調になってしまった。

大学一年の体育は週に一度だけなので、新たな体操服は買わず、大部分は高校のお古を使っていた。早希もそのようで、また彼女は女子高生に戻ったような雰囲気を醸《かも》し出していた。

彼女はすぐ彼の顔の横に立ち、

「いいのかしら、ムレムレだけど……」

言いながらも壁に手を突いて身体を支え、そろそろと片方の足を浮かせて顔にそっと乗せてくれた。

兎彦は、生温かな感触をうっとりと味わった。

足裏に舌を這わせて、縮こまった指の間に鼻を割り込ませて匂いを貪った。

体育の授業のあとは、シャワーも浴びず帰ってきたのだろう。

指の股はジットリと汗と脂に湿り、蒸れた匂いが濃厚に沁み付いて鼻腔を刺激した。

兎彦は胸を満たしてから爪先にしゃぶり、桜貝のような爪を舐め、全ての指の間に舌を潜り込ませて味わった。

「あう……！」

早希は呻き、キュッと指で舌を挟み付けてきたが、もうだいぶ彼の性癖も分かっているようで、羞じらいながらも拒みはしなかった。

足を交代させ、彼はそちらも味と匂いを貪り尽くすと、足首を掴んで顔の左右に置いた。

「じゃ、短パンを下ろしてしゃがんでね」

言うと早希は、彼の顔を跨いだまま短パンを膝まで下ろしてしゃがみ込んだ。

M字になった脚がムッチリと張り詰めて量感を増し、ぷっくりした割れ目が鼻先に迫り、湿った汗の匂いが顔中を包み込んできた。

はみ出したピンクの花びらは、すでに清らかな蜜に潤いはじめていた。

腰を抱き寄せて楚々とした若草に鼻を埋め、擦り付けながら隅々を嗅ぐと、やはり甘ったるい汗の匂いが濃厚に籠もり、ほのかな残尿臭やチーズ臭も混じって悩ましく鼻腔を刺激してきた。

「すごくいい匂い」

「あん、嘘……」

嗅ぎながら言うと、早希はビクリと反応してか細く言った。

下から舌を挿し入れ、生温かくヌメる柔肉を探り、淡い酸味の蜜をすすりながらゆっくりクリトリスまで舐め上げると、

「アアッ……！」

早希が熱く喘ぎ、座り込みそうになりながら懸命に両足を踏ん張った。

兎彦はチロチロとクリトリスを舐め、溢れる愛液を吸い、さらに大きな水蜜桃のような尻の真下に潜り込んでいった。

弾力ある双丘を顔中に受け止め、谷間にひっそり閉じられる薄桃色の蕾に鼻を埋めて嗅ぐと、やはり蒸れた汗の匂いに混じり、秘めやかな成分も胸に沁み込んできた。

充分に嗅いでから舌を這わせ、襞を濡らしてヌルッと潜り込ませると、

「あう……」

早希が呻き、キュッときつく肛門で舌先を締め付けてきた。

兎彦は滑らかな粘膜を探り、中で舌を蠢かせてから、再び割れ目に戻って愛液を舐め取り、クリトリスに吸い付いていった。

「も、もうダメ、しゃがんでいられないわ……」

早希が声を震わせ、ビクッと股間を引き離した。

「じゃ、下だけ脱いでいいからね」

彼が言うと、早希は膝まで下がっていた短パンを脱ぎ去り、下半身を完全に露わにした。そして自分から彼の股間に移動し、脚を浮かせて尻の谷間から舐めてくれたのだった。

もちろん兎彦の方は、早希が来る前にしっかり歯磨きをし、シャワーを浴びて前も後ろも念入りに洗っておいた。

美少女の舌がチロチロと肛門を舐め回し、ヌルッと潜り込んでくると、

「く……！」

兎彦は快感に呻き、清らかな唾液に濡れた早希の舌先を肛門でキュッと締め付けた。

彼女も熱い鼻息で陰嚢をくすぐり、内部で舌を蠢かせてくれた。

そして彼が、申し訳ないような快感に脚を下ろすと、早希も舌を引き離して陰嚢を舐め回し、二つの睾丸を転がして袋を唾液に濡らしてから、肉棒の裏側をゆっくり舐め上げてきた。

滑らかな舌が先端まで来ると、早希は幹に指を添え、粘液の滲む尿道口を舐め回し、スッポリと亀頭を含んで吸ってくれた。

「アア、気持ちいい……、もっと深く入れて……」

言うと彼女も喉の奥まで呑み込み、熱い鼻息で恥毛をくすぐりながら、幹を締め付けて舌をからめた。

兎彦が快感に任せてズンズンと股間を突き上げると、

「ンン……」

早希も小さく呻きながら、顔全体を上下させスポスポと摩擦してくれた。

兎彦は高まりながら、たまにチラとＤＶＤカメラに目を遣り、レンズが早希に向いていることを確認した。

「い、いきそう……、跨いで入れて……」

彼が言うと、すぐに早希もチュパッと口を離して身を起こした。

そして前進してペニスに跨がり、唾液に濡れた先端に割れ目を押し付け、息を詰めながらゆっくり腰を沈み込ませていった。

張り詰めた亀頭が潜り込むと、あとは重みと潤いでヌルヌルッと滑らかに根元まで膣口に呑み込まれた。

「ああッ……！」

早希が完全に座り込み、顔を仰け反らせて喘いだ。

兎彦も熱く濡れた内部でヒクヒクと幹を震わせて快感を噛み締め、両手を伸ばして美少女を抱き寄せた。

早希が身を重ねたので、彼は汗に湿った体操服の胸や腋の下に鼻を埋め、繊維に沁み込んだ甘ったるい匂いを貪った。

「じゃ、これも脱ごうね」

言うと彼女も重なったまま体操服を脱ぎ、完全に一糸まとわぬ姿になった。

兎彦はあらためて下から薄桃色の乳首に吸い付き、舌で転がしながら顔中で柔らかな膨らみを味わった。

左右の乳首を交互に含んで舐め回し、さらに腋の下にも鼻を埋め込むと、甘ったるい濃厚な汗の匂いが鼻腔を刺激してきた。

兎彦は美少女の匂いを胸いっぱいに貪りながら、ズンズンと小刻みに股間を突き上げはじめた。

「アア……！」

するとと早希が熱く喘ぎ、腰を動かしはじめた。

「もう痛くないね？」

「ええ、いい気持ち……」

訊くと彼女が答え、その証拠に大量の愛液を漏らして動きを滑らかにさせ、クチュクチュと湿った摩擦音を響かせはじめた。

次第に勢いを付けながら唇を重ね、舌を挿し入れると、早希もネットリと舌をからめてくれた。

兎彦は生温かく清らかな唾液をすすり、喉を潤しながらリズミカルに突き上げを強めていった。

「ああ……、何だか、奥が熱いわ……」

早希が口を離し、自身に芽生える未知の感覚を探るように言った。

兎彦も彼女の喘ぐ口に鼻を押し込み、湿り気ある甘酸っぱい匂いを嗅ぎながら高まっていった。

「ね、息を嗅ぎながらいってもいい？」

「うん、恥ずかしいけど……」

言うと彼女が答え、内部でペニスが最大限に膨張しているのを感じ、悦びが伝わったように答えた。

「じゃ下の歯を僕の鼻の下に引っかけてね」

せがむと、早希も口を開き、下の歯並びを彼の鼻の下に当ててくれた。

美少女の口の中の濃厚な果実臭と共に、下の歯の裏側に籠もるうっすらとしたプラーク臭も混じって鼻腔を刺激してきた。

「い、いく……！」

たちまち兎彦は、美少女の口の匂いと肉襞の摩擦に昇り詰め、口走りながらドクンドクンと勢いよく射精してしまった。

「あう、熱いわ、いい気持ち……、ああーッ……！」

噴出を感じると早希が声を上ずらせ、ガクガクと狂おしい痙攣を開始し、膣内の収縮も最高潮になった。

どうやら、本格的な膣感覚でのオルガスムスが得られたようだった。彼は早希を成長させたことを誇らしげに思い、最後の一滴まで出し尽くしていった。

出しきってすっかり満足すると、兎彦は徐々に突き上げを弱めていった。

「ああ……、すごい……」

すると早希も、初めて得た大きな快感に声を震わせながら、肌の硬直を解いてグッタリともたれかかってきた。

彼は美少女の重みと温もりを受け止め、甘酸っぱい吐息を胸いっぱいに嗅ぎながら、うっとりと快感の余韻を味わったのだった……。

4

「淳子さんとしたのね。彼女も言ってたわ。あなたのことを、すればするほど欲しくなる男だって」

明日香が、兎彦のアパートに来て言った。

もちろん彼はシャワーと歯磨きを済ませ、今回も机の下にＤＶＤカメラをセットし、すでに録画スイッチを押しておいた。

何しろ早希を撮った映像が実に艶めかしく、激しいオナニー衝動に駆られるものだったのである。

もっとも自分がしているのだから、自分好みの映像ばかりが残っているのだ。

「そうですか。でも、虎彦という存在のことは解明できないようですね」

兎彦は、自分にとって最初の女性を前に、期待と興奮で股間を熱くさせながら言った。

「淳子さんは、良かった？」

明日香は、彼の不思議さの追究より嫉妬の方が大きいようだ。

「ええ、明日香先生の次に」

「そう、女に慣れて、口も上手くなったようだわ」

「そんなことないですよ。明日香先生は、僕に最初に手ほどきしてくれた人だから特別です」

「そう、もう興奮している？　脱いで見せて」

明日香が妖しく切れ長の眼差しを向けて言い、兎彦もすぐに脱ぎはじめた。

すると彼女もブラウスのボタンを外しはじめ、スーツを全て脱ぎ去ってった。

先に全裸になった兎彦が万年床に仰向けになると、

「本当、すごく勃ってるわ」

明日香はペニスを見て言い、最後の一枚を脱ぎ去って迫ってきた。

熱い視線を注ぎながら屈み込むと、セミロングの髪がサラリと内腿を覆い、中に息が籠もった。

明日香は指で幹を支え、尿道口にチロチロと舌を這わせ、張り詰めた亀頭を含み、吸い付きながらモグモグと喉の奥まで呑み込んでいった。

「ああ……」

兎彦は、快感の中心部が美女の温かく濡れた口腔に包まれ、快感に喘いだ。

いつものことながら、小用を足す部分を女性の最も清潔な口が触れてくることに、彼は言いようのない悦びと快感を覚えた。

「ンン……」

明日香は先端がヌルッとした喉の肉に触れるほど深々と頬張って熱く鼻を鳴らし、上気した頬をすぼめてチュッチュッと強く吸い上げながら、忙しげな鼻息で恥毛をそよがせた。

口の中では、生温かな唾液に濡れた長い舌が、からみつくように亀頭を舐め回し、執拗に蠢いた。

たちまちペニス全体は、美女の唾液にどっぷりと浸り、感じるたびヒクヒクと口の中で上下した。

兎彦がズンズンと股間を突き上げると、明日香も顔を上下させ、濡れた唇でスポスポと強烈な摩擦を繰り返してくれた。

すると高まった彼が警告を発する前に、明日香がスポンと口を引き離し、陰嚢を舐め回して睾丸を転がし、さらに兎彦の両脚を浮かせて尻の谷間にも舌を這わせてきた。

「あう、気持ちいい……」

やがてヌルッと潜り込むと、兎彦は浮かせた脚をガクガク震わせながら呻き、美女の舌先を肛門でモグモグと締め付けた。

奥深い部分で舌が蠢くたび、内部から刺激されたペニスが震えた。

そして明日香は、彼の前と後ろを充分に味わってから脚を下ろして添い寝し、巨乳を迫らせてきた。

兎彦も白く豊かな膨らみに顔を埋め込み、チュッと乳首に吸い付いて舌で転がした。

「アア……、噛んで……」

明日香が熱く喘ぎ、仰向けの受け身体勢になって言った。強い刺激を求めるのも、他の女性への対抗意識なのかも知れない。

兎彦も前歯で乳首を挟み、コリコリと刺激してやった。

「ああ……、もっと強く……」

明日香がクネクネと身悶え、生ぬるく甘ったるい匂いを濃厚に揺らめかせながらせがんだ。

やや力を込めて愛撫し、彼は左右の乳首を交互に含んで舐め回し、顔中で柔らかな巨乳の感触を味わった。

さらに腕を差し上げ、ジットリ湿った腋の下にも鼻を埋めて嗅ぐと、甘ったるい濃厚な汗の匂いが鼻腔を掻き回してきた。

兎彦は胸を満たしてから滑らかな肌を舐め降り、臍から下腹、腰から太腿を降り、足首まで舌でたどっていった。

足裏を舐め、形良く揃った指の間に鼻を押し付けると、そこは汗と脂に湿り、蒸れた匂いが濃く沁み付いていた。

一日中パンストに包まれ、動き回った指の股は悩ましく匂い、彼は爪先にしゃぶり付いて全ての指の間を舐め回した。

「く……」

明日香は呻き、そんなところよりも肝心な部分への愛撫を求めて脚を開いた。

兎彦も脚の内側を舐め上げて腹這い、白くムッチリした内腿をたどって熱気と湿り気の籠もる股間に迫っていった。

割れ目からはみ出した陰唇はヌラヌラと大量の愛液に潤い、指で広げると花弁状に襞の入り組む膣口が妖しく息づいていた。

包皮の下からは小指の先ほどもあるクリトリスも光沢を放ち、愛撫を待ってツンと突き立っていた。

もう堪らずに顔を埋め込み、柔らかな茂みに鼻を擦りつけて嗅ぐと、生ぬるく蒸れた汗とオシッコの匂いが濃厚に鼻腔を刺激してきた。

兎彦は胸を満たしながら舌を這わせ、淡い酸味を掻き回しながら、膣口からクリトリスまで舐め上げていった。

「アア……、いい気持ち……」

明日香が身を反らせて喘ぎ、内腿でキュッときつく彼の両頬を挟み付けた。

兎彦も執拗にチロチロと舌先でクリトリスを弾いては、トロトロと大量に溢れる愛液をすすった。

「そこも噛んで……」

彼女が言い、兎彦も上の歯で包皮を剥き、そっと挟んで動かした。

「あうう、いいわ、もっと……」

明日香が呻き、白い下腹をヒクヒクと忙しげに波打たせた。

さらに彼は明日香の両脚を浮かせ、豊満な双丘に迫り、谷間の蕾に鼻を埋めて嗅いだ。

今日も秘めやかな微香が蒸れて籠もり、兎彦は美女の匂いを貪ってから舌を這わせ、襞を濡らしてヌルッと潜り込ませた。

「く……」

明日香が呻き、キュッと舌先を肛門で締め付けた。

兎彦はうっすらと甘苦く滑らかな粘膜を味わい、執拗に舌を蠢かせた。

そして脚を下ろし、再び割れ目に吸い付いて大量の愛液を舐め取った。

5

「お、お願い、入れて……」

明日香が薄目で熱っぽく兎彦を見つめながら言い、彼も股を開かせ、股間に割り込みながらペニスを進めていった。

そして正常位で先端を濡れた割れ目に擦り付け、位置を定めてゆっくり膣口に挿入すると、急角度にそそり立ったペニスは、ヌルヌルッと滑らかに根元まで呑み込まれた。

「アア……、奥まで感じるわ……」

明日香が顔を仰け反らせて喘ぎ、味わうようにキュッキュッとペニスを締め付けてきた。

兎彦は股間を密着させ、温もりと感触を味わいながら身を重ねていくと、明日香も両手を回し、きつくしがみついてきた。

遠慮なく体重を預けると、胸の下で巨乳が押し潰れて心地よく弾み、柔らかな恥毛が擦れ合い、彼女がズンズンと股間を突き上げはじめると、コリコリする恥骨の膨らみも伝わってきた。

兎彦も徐々に腰を突き動かすと、すぐにも互いの動きがリズミカルに一致し、大量の愛液が律動を滑らかにさせた。

ピチャクチャと淫らに湿った摩擦音も響き、揺れてぶつかる陰嚢も生温かくネットリとまみれた。

「ああ、すぐいきそうよ……」

明日香が喘ぎ、兎彦は何度となく唇を重ねては、滑らかな歯並びやピンク色の歯茎を舐め回し、さらにからみついてくる彼女の舌を味わった。

喘ぐ口に鼻を押し込んで嗅ぐと、熱く湿り気ある息は花粉のような匂いを含み鼻腔の天井が悩ましく刺激された。

なおも股間をぶつけるように突き動かしていると、

「い、いっちゃう……、アアーッ……！」

たちまち明日香が声を上ずらせ、彼を乗せたままガクガクと狂おしく腰を跳ね上げ、オルガスムスの痙攣を開始してしまった。

兎彦も、彼女の息の匂いと肉襞の摩擦、きつい締め付けとヌメリに高まり、そのまま続いて昇り詰めていった。

「く……、気持ちいい……」

絶頂の快感に口走り、熱い大量のザーメンをドクンドクンと勢いよくほとばしらせると、

「あう、感じるわ、もっと……！」

奥深い部分を直撃され、ザーメンの噴出を受け止めた明日香が駄目押しの快感を得て呻いた。

兎彦も快感を噛み締めながらピストン運動を続け、心置きなく最後の一滴まで出し尽くしていった。すっかり満足しながら動きを弱めていくと、

「アア……、もうダメ……」

明日香も肌の硬直を解いて声を洩らし、グッタリと力を抜いて四肢を投げ出していった。

兎彦は身を重ね、まだ収縮する膣内でヒクヒクと過敏に幹を震わせた。

そして彼女の喘ぐ口に鼻を押し付け、湿り気あるかぐわしい息を胸いっぱいに嗅ぎながら、うっとりと余韻を噛み締めたのだった……。


――バスルームでシャワーを浴びると、ようやく明日香もほっとしたようだった。兎彦は床に座り、目の前に明日香を立たせ、片方の足を浮かせてバスタブのふちに乗せさせた。

どうしても、バスルームだと例のものを求めてしまう。

「ね、オシッコして」

開いた股間に顔を埋めて言った。茂みに籠もっていた濃い匂いは消えてしまったが、舌を這わせると新たな愛液が溢れてきた。

「いいの？　溺れるほど、いっぱい出ちゃいそうよ……」

明日香も下腹に力を入れて尿意を高めてくれ、壁に手を突いて身体を支えながら言った。

なおも割れ目を舐めていると、大量のヌメリで舌の動きが滑らかになり、奥の柔肉が迫り出すように盛り上がって、温もりと味わいが変化してきた。

「あう、出る……」

彼女が息を詰めて言うなり、チョロチョロと熱い流れがほとばしって兎彦の口に注がれてきた。彼も夢中になって喉に流し込み、淡い刺激の味わいと悩ましい匂いに酔いしれた。

「アア……」

明日香は放尿しながら喘ぎ、ガクガクと膝を震わせて腰をよじるたび、熱い流れが揺らいだ。

勢いが増すと彼の口から溢れた分が温かく胸から腹に伝い流れ、すっかりピンピンに回復しているペニスが心地よく浸された。

それでもピークを過ぎると、急激に勢いが衰えてゆき、やがて流れは治まってしまった。

兎彦は余りの雫をすすり、残り香を味わいながら割れ目内部を舐め回した。

すると愛液が溢れ、淡い酸味のヌメリが残尿を洗い流すように満ちていった。

やがて明日香が足を下ろして椅子に掛けると、またシャワーの湯で全身を洗い流した。

「ね、顔にかけて……」

今度は明日香が座ったまま言い、目の前に彼を立たせた。

兎彦もバスタブのふちに腰を下ろし、明日香の目の前で股を開いた。

本当は部屋の布団でないと盗撮できないのだが、明日香も顔に受けたらすぐ洗いたいので、バスルームの方が良いのだろう。

すぐにも彼女は顔を寄せ、回復している亀頭にしゃぶり付き、指先は微妙なタッチで陰嚢を愛撫してくれた。

さらに顔を前後させ、スポスポと強烈な摩擦を開始した。

「ああ、気持ちいい……」

兎彦も美女の口の中でヒクヒクと幹を震わせながら喘ぎ、ジワジワと絶頂を迫らせていった。

明日香も夢中で、摩擦と吸引、舌の蠢きを激しくさせた。

「い、いく……！」

たちまち兎彦は絶頂に達し、大きな快感に喘ぎながら、ありったけの熱いザーメンを勢いよくほとばしらせた。

すると明日香がスポンと口を離し、あとは幹を両手で挟んで錐揉《きりも》みしてくれながら、噴出を顔中に受け止めた。

ドクンドクンと脈打つように飛び散った白濁の粘液が、明日香の美しい鼻筋を濡らし、涙のように頬の丸みを伝い流れ、口の周りもヌルヌルにさせながら顎から糸を引いて滴った。

その淫らな様子が録画できないのは残念だったが、兎彦は見下ろしながら最後の一滴まで出し尽くしていった。

明日香も再び亀頭を含んでクチュクチュと舌をからめて吸い、熱い息を彼の股間に籠もらせた。

「も、もういいです……」

兎彦が過敏に幹を震わせながら言うと、ようやく彼女も唇を離すと口に溜まったザーメンを飲み込み、シャワーの湯で顔を洗った。

そして立ち上がり、二人で身体を拭いてから部屋へと戻った。

「もう原因究明よりも、その力を何かに生かせないかしら」

明日香が、身繕いをしながら言った。今日はもう気が済んで帰るらしく、兎彦も服を着た。

「ええ、でも力が人間離れしすぎているので、オリンピックなんかに出るわけにはいかないし」

「そうね、ウエイトリフティングでも槍投げとかでも、常識外れの記録を出して大騒動になるわ。それよりは、力を隠して何か仕事を考えたいわね」

明日香が言う。

兎彦も、本来の志望だったデザイン関係などどうでも良くなりそうだ。

「私も出来るだけ力になりたいので、ゆっくり一緒に考えましょう」

「はい、鳥と兎のコンビですからね」

兎彦は言い、やがて明日香はアパートを出て帰っていった。

彼はドアをロックし、机の下に隠してあったDVDカメラのスイッチを切って取り出し、ちゃんと録画されているかどうか確認した。

（うわ、撮れてる……）

彼は画像を見て満足し、これで早希と合わせて二つのコレクションが出来た。

　そして夕食の仕度をしながら、この力を本当に何かに生かせないか、仕事にならないかと考えたのだった。

　しかし今は性欲解消と、少しでも多くの女体を味わいたいということしか考えられないのだ。もしかしたら世界征服できるほどの力かも知れないのに、まだまだ彼の興味は女体ばかりなのであった……。

〈了〉

※この作品は、ジーウォーク紅文庫のために書き下ろされました。

紅文庫

キャンパスの淫望《いんぼう》

睦《む》月《つき》影《かげ》郎《ろう》

2019年11月28日　第1刷発行

企画／松村由貴（大航海）
DTP／内田美由紀

編集人／田村耕士
発行人／日下部一成
発行所／ロングランドジェイ有限会社
発売元／株式会社ジーウォーク
〒153-0051 東京都目黒区上目黒1-16-8 Yファームビル6F
電話 03-6452-3118
FAX 03-6452-3110

印刷製本／中央精版印刷株式会社

ISBN978-4-86297-948-3